QUAND TU VAS CHEZ LES FEMMES

Christiane Rochefort est née à Paris dans le XIVe arrondissement, a eu peu d'aventures remarquables sous l'aspect pittoresque qui font généralement la matière des biographies, car elle a employé presque tout son temps à s'amuser, c'est-à-dire à peindre, dessiner, sculpter, faire de la musique, des études désordonnées entre la médecine, psychiatrie, et la Sorbonne (une erreur) (n'a même pas essayé de préparer l'agrégation), à écrire pour sa propre joie, et pendant le temps qui restait à essayer de gagner sa vie pour survivre. Elle a travaillé avec des gens pénibles, bureaux, journalisme, festival de Cannes (jusqu'en 1968 et a été renvoyée pour sa liberté de pensée), et par contre, à la Cinémathèque pour Henri Langlois.

Christiane Rochefort est l'auteur de : Le Repos du guerrier *(1958)*, Les Petits enfants du siècle *(1961)*, Les Stances à Sophie *(1963)*, Une rose pour Morrison *(1966)*, Printemps au parking *(1969)*, Archaos ou le jardin étincelant *(1972)*, Encore heureux qu'on va vers l'été *(1975)*, Quand tu vas chez les femmes *(1982)*, *publiés dans Le Livre de Poche.*

Elle a aussi fait des traductions : de l'anglais, En flagrant délire *de John Lennon avec Rachel Mizrahi; de l'hébreu,* Le Cheval fini *de Amos Kenan et* Holocauste 2.

« Quand tu vas chez les femmes n'oublie pas ton fouet », disait Nietzsche. Christiane Rochefort renverse les rôles : c'est l'homme qui réclame le fouet. Son personnage donne libre cours à ses fantasmes sexuels jusqu'à l'ignominie. Ce masochiste d'un très bon milieu devient, par amour, l'esclave de l'Ange, la très belle Pétra, son chien, sa bonne. Il veut être un autre lui-même, une victime. Ce monde dépravé, inconnu de la plupart d'entre nous, devient, grâce à Christiane Rochefort, un monde réel qui surprend et fascine. La perversion à l'état pur et la quête de la mort y sont contées le plus joyeusement du monde dans une langue drue et pleine d'humour.

ŒUVRES DE
CHRISTIANE ROCHEFORT

Dans Le Livre de Poche :

LE REPOS DU GUERRIER.
LES PETITS ENFANTS DU SIÈCLE.
LES STANCES À SOPHIE.
PRINTEMPS AU PARKING.
ENCORE HEUREUX QU'ON VA VERS L'ÉTÉ.
ARCHAOS OU LE JARDIN ÉTINCELANT.
UNE ROSE POUR MORRISON.

CHRISTIANE ROCHEFORT

Quand tu vas chez les femmes

GRASSET

© Éditions Grasset & Fasquelle, 1982.

Aux deux tiers du chemin de la vie, à peu près, je ne me sentis plus tiré par les haleurs.

— On ne hale plus, énoncèrent-ils dans leur langue. Vous n'avez qu'à vous haler vous-mêmes.

Chose impraticable, comme beaucoup d'autres aujourd'hui mais la nostalgie aussi il faut en faire son deuil, ça ne vaut plus la peine. Ça vous fera les bras dirent-ils, et se moquaient depuis la berge. Ne se donnant même pas la peine de nous flécher, ça ne se fait plus guère. Nous nous mîmes à dériver. Non ce n'était pas un succès ce voyage. Personne ne veut plus être le terrain. A moins que vous n'ayez un copain dans la place, ils ont des copains chez nous maintenant, pas seulement des conjoints, tu ne peux plus arriver comme ça, d'un ailleurs, pour les observer. Ils disent : du Terrain, nous, vous nous avez regardés ? et on raconte aux veillées l'histoire de cette expédition qui, au seuil de la jungle, s'est vu remettre des formulaires imprimés à remplir. Donc nous dérivâmes, et ainsi, après bien longtemps et quelques pertes humaines, tandis que les autres rescapés retournaient à femmes et enfants ou ce qu'ils ont, moi je me retrouvai une fois de plus rue Saint-Denis.

Elle avait son fouet.

« On ne monte plus », craignais-je d'ouïr, mais non, on montait encore. Elle semblait n'avoir pas bougé de tous ces mois, mon cœur se mit à battre, il n'avait pas bougé non plus.

– Encore toi?

Oui. Encore moi. Après une presque année d'absence assoiffée, encore moi. Je baissai les yeux. On te croyait au diable dit-elle. Eh bien j'y suis, j'y suis diantre. C'est doublé, dit-elle au vu des billets habituels que j'avais posés sur la table de nuit puisqu'il n'y a plus de cheminée, nostalgie. C'est l'inflation, tes crocodiles ne te l'ont pas dit? Elle chatouillait les fleurs mitées du tapis du bout de la cravache.

– Baisse ton froc. Allez grouille. Aux chevilles. Non garde le reste, ton cul me suffit. A quatre pattes. Allez partez! perdons pas de temps. Non certes n'en perdons pas une miette, je m'élance comme un jeune poulain et m'étale entravé dans mon froc, le fouet tombe sur mes fesses actionné de main de Maîtresse et l'injure de ses lèvres, maladroit idiot chien stupide, tout est bien, je suis rentré chez moi. Elle tourne sur elle-même au milieu du monde, moi autour satellite empêtré courant la queue ballottante mais jouissant d'ailleurs. De là où la honte me comble, me remplit, apaise le monstre qui me dévore les entrailles. Plus vite. Je ne puis, Maîtresse. Plus vite j'ai dit! Mon cœur cogne fort. Bien sûr, oui, il peut s'arrêter tout d'un coup. Je mourrai au comble de l'ignominie. La mort sale, qui me guette, que je guette, que je quête. Les journaux. Humiliation posthume, qui dit mieux? me voici cette fois rédimé. Tu n'as qu'à sauter comme un lapin. Sur deux pattes, comme un kangourou, allez saute! Le fouet scande, saute! Elle tomba assise sur le lit, dégoûtée.

Quel con. Non mais quel con. Quelle merde dit-elle. Ces cons-là. Tous ces cons. Quelle tristesse. Mais dis toi, tu continues, on n'est pas là pour lézarder, c'est pas parce que je fais la pause que tu fais pareil, moi j'ai le droit je travaille, toi t'es là pour le plaisir, allez! jouis! Elle me titillait les fesses du bout de la cravache, ne prenait même pas la peine de cingler, ne me donnait même pas le pic de la douleur physique. Me laissait rancir dans la douleur morale, sans virgule, sans ponctuation. Ça vaut pas le coup de se fatiguer pour des morceaux de merde pareils, et ça mène le monde, dit-elle – non mais de quoi elle se mêle tout d'un coup qu'est-ce que c'est que ces remarques saugrenues, je marque un temps d'arrêt, le fouet s'abat en plein sur mes couilles, les cerclant de feu, elle vise bien. Tu ralentis tu te laisses aller, saute. Oh! mon cœur.

– On ne fera pas autre chose, Maîtresse?

Lan! droit sur le trou le fouet me châtie de mon audace, me rappelle à l'ordre de mon néant. Qui c'est qui commande ici tu l'oublies? On fera ce que je décide, aujourd'hui je me défoule au fouet. Debout maintenant elle s'acharne sur moi. Plus vite. Cours. Si vite que je ne te voie plus, fouet, que tu te fondes dans les murs, fouet, que tu disparaisses de l'espace, fouet, que tu ne sois plus du tout. Fouet.

Elle cesse de frapper, et, les mains aux hanches : Tu sais que des choses comme toi ça ne devrait pas exister? je parle sérieusement. Fouet. Elle n'est plus que l'énorme serpent érigé frétillant au-dessus de moi et qui me mord quand il veut où il veut, de pur arbitraire. Ha. Serpent soleil dieu. Une goutte de sang sur le sol, je lèche au passage. T'occupe pas, tu nettoieras tout ça après t'as pas fini attends un peu. Je cours à la vitesse de la lumière, je disparais de ma propre conscience, je suis frappé de foudre étendu sur le sol, elle ne peut tout de même pas me tuer ça lui ferait trop d'histoires. Pense un peu aux camps ça te donnera du cœur à l'ouvrage, c'est comme ça les camps, tu serais heureux toi dans les camps, pourquoi elle dit ça c'est hors de propos pourquoi elle parle comme ça aujourd'hui? Qu'est-ce qui se passe. C'est changé. Je ne reconnais pas. Je ne suis pas où je crois. On m'a transporté. Je suis ailleurs. Je ne vois plus rien, devant mes yeux tout est rouge sombre, je suis empli de rouge sombre, empli de ma mort et n'est-ce pas ce que je cherche si douloureusement, l'âpre mort depuis toujours promise. Je vais l'avoir à la fin. Au retour d'une longue absence, c'est dans l'ordre structural, donc c'est. Ce sera. Voilà longtemps que je suis couché seul sous la lampe nue dans la pièce anonyme, comme moi anonyme, elle m'a laissé agoniser là s'est tiré des pieds a fui ses responsabilités c'est allé trop loin et il n'y a pas de preuves, je n'ai pas de papiers je ne les prends jamais dans mes équipées. Un maso trouvé mort dans un hôtel de passe. Non identifié. Sans identité, sans identité. Personne. On ne saura même pas que c'était moi! Rien qu'un morceau de merde de plus. Je pleure, je me mets à pleurer. Maman. Warum hast du mir verlassen. Mais c'est fini maintenant Mère chérie, nous allons nous retrouver tous les deux. Aux enfers.

– Regarde-moi ce con. Où on le pose, ça reste.
– Comme une crotte.

Ah! le beau refrain qui sonne à mes oreilles, le chant de la résurrection, ce n'est pas encore pour cette fois. Elle était seulement allée chercher sa copine.

Sa collègue de sang.

– C'est pas beau à voir.
– Il fait sous lui.
– Il nettoiera. Hein? Il le bouffera. Allez, bouffe!
– Mange la marde!...Tu te souviens notre Canadien cet été? Ce qu'il était mignon. Je fais du tourisme il disait, je visite. Je préfère visiter le con que le Concorde. Il disait.
– Il m'a appelée son petit calice.
– Son tabernacle. Jamais on me l'avait appelé comme ça et pourtant dieu sait si j'en suis un tabernacle! Tabernacle universel oui.
– Mon petit calice, laisse-moi boire à ton petit calice sacré de Christ! ça me rappelait mon enfance. Chez les sœurs. J'en ai même jouis dis donc, mon petit calice a monté au ciel pour un coup.
– Ça repose, de temps en temps. Entre deux merdes.
– Il m'a dit : si tu t'en venais chez nous c'tiver, je t'emmènerais faire du ski de fond. Parole. Si j'y croyais, je dis pas que j'irais pas.
– C'est quoi de spécial?

- Juste se promener dans la neige, sans tout le cirque. Tout seul dans le blanc partout à l'infini il disait. J'ai toujours eu envie de ça, nous autres on aime la pureté c'est connu. J'ai même acheté des knickers.

- Où ça? J'en cherche.

- Chez Dora. Ils ont aussi des grandes chaussettes en laine tu sais, jusqu'aux cuisses. J'en ai libéré deux paires c'est pas trop dur, la fille elle s'en fout. Pour ce qu'elle gagne. Si tu veux on ira demain.

- Demain j'ai Paulina c'est mercredi. Mais on peut y aller avec elle au fait, elle a besoin de plein de trucs elle a rien à se mettre pour l'hiver. Je vais lui payer de ces grandes chaussettes tiens ça va lui plaire elle est un peu snob.

Et moi, et moi! Moi on m'oublie, on me laisse sécher dans mon coin comme une vieille chaussette, non, moins qu'une chaussette, les chaussettes ça les intéresse – bon Dieu est-ce qu'elles vont maintenant se promener avec de gros bas de laine, comme des paysannes? Ça tient chaud dit Elise, mais moi c'est le beau qui m'attire pas le chaud – moi négligé répandu dans ma sanie, je jouis de la jouissance noire et très ancienne de n'être rien dans un monde de femmes affairées, elles sont assises sur le lit tranquilles, fumant et papotant. Ne me regardant même pas en train de me tortiller devant elles, ne m'insultant même pas, ne m'infligeant même pas leur mépris – quoi, m'auraient-elles oublié pour de bon? Et mon temps? C'est à moi, ce temps. Je l'ai acheté. Faut-il encore que je quémande la faveur d'en profiter? Je le fais, je me livre à une véritable danse du cul sous leur nez, réclamant leur attention – j'ai tous les droits, par-dessus tout celui d'aller jusqu'au bout de mon ridicule, de mon horreur de moi.

– Tiens il n'est pas mort, je croyais. Elles s'aperçoivent, elles condescendent, leur négligence était jouée, ah elles sont fortes, elles m'ont fait tomber dans le piège, je suis le ver qui grouille à leurs pieds.

– Mon Dieu je n'y pensais plus du tout, il faut tout de même qu'on le finisse. Soupir. Allez, à genoux. Et tu n'as même pas joui avec tout ça? C'est pourtant pas le temps qui t'a manqué. Regarde-moi cette gueule qu'il fait. T'as l'air de ton cadavre. Si on était dans la nature je te ferais creuser ta tombe. Comme au camp. A la copine : on joue au camp. Ça lui plaît.

Mais non ça ne me plaît pas! ça ne me plaît aucunement! On ne m'a pas demandé mon avis! Bien sûr je n'ai pas le droit d'en avoir. Mais est-ce qu'elle a celui de le donner à ma place? Cependant je baisse la tête, muet, agenouillé, masqué d'humilité.

– On ne t'a pas dit de penser, il est en train de penser tu te rends compte?

– Je vais lui marcher dessus ça lui aplatira les méninges il en a besoin.

Oui. Oui! Mais, les talons? elle n'a pas les talons pointus, elle est chaussée de bottes à semelles de crêpe, genre cow-boy, en gros cuir naturel soi-disant. Plates.

– Mais... les talons? Je lui fais un petit sourire coquin, pour lui rappeler, timidement. Ses devoirs d'État. C'est de la négligence dans le travail. Une faute professionnelle. Du manque de respect.

– De quoi tu te plains c'est des écrase-merde, juste ce qu'il te faut.

– On n'a plus envie de se crever la santé à marcher sur des aiguilles mon petit, c'est mauvais pour notre ventre, et elle se perche sur mon dos. Elle est légère comme un oiseau. Ça ne me fait rien, qu'est-ce qui se passe? Et le collant. Elle a un collant, sous la jupette de cuir, noir, je peux le voir jusqu'en haut, il n'a pas de trou.

Une fois déjà elle a mis un collant. Rouge. Mais il avait un trou. J'avais grimpé le long de ses jambes, jusque là-haut, et j'avais léché. Léché. A m'en étouffer à en mourir étouffé, la langue pénétrée jusqu'au fond de sa gorge sexuelle, du gouffre féminin, et j'avais eu un orgasme sur la langue, sans érection, un pur orgasme linguinal, ah! qui plus que moi a l'amour de la Femme! et elle saignait. J'étais tout barbouillé. Je suis sorti tel que, les gens me regardaient se marrant bizarrement, les gens de par ici, mais vers le Châtelet une personne convenable m'a dit : Qu'avez-vous Monsieur vous êtes blessé? Je me suis passé la main sur la face et j'ai ri, je lui ai ri au nez, – souillée, souillée de sang des règles. Mon sang préféré. J'ai fui les âmes compatissantes dans les toilettes d'un bistrot je me suis vu dans la glace, et je me suis mis à me branler, branler comme un dingue, je ne suis jamais si heureux que lorsque je retourne à la primitivité. Quelqu'un est entré, une femme, j'étais dans les toilettes des femmes évidemment. J'ai continué. J'affectionne le risque il m'exalte, la peur me hausse à des sommets. Un instant elle m'a regardé, comme figée, muette, les yeux fixes je la voyais dans le miroir. Une très jeune femme, une jeune fille. Elle est entrée dans les chiottes, comme prétendant que rien. Il y avait des trous bien sûr, déjà forés, à la bonne hauteur, je me suis baissé. Et soudain sans que j'aie rien entendu venir j'ai reçu un coup de pied énorme dans les fesses, ma tête a donné dans la porte que la première ouvrait à ce moment et je me suis étalé le nez dans le gog, c'était à la turque. J'étais par terre, comme un ver, entre ces deux créatures, la nouvelle venue au pied rapide était, elle était belle comme l'Ange Exterminateur dont à l'instant l'image me féconda, grande, blonde, le cheveu très court, et j'ai eu un moment, une seconde d'acmé, d'indicible ineffable joie là par terre comme un ver le visage souillé le pantalon souillé la queue encore sortie molle comme un ver, salissant souillant poison contaminant, et l'Ange Exterminateur avec un regard mortel à cette loque gisante a tendu la main vers l'autre pour l'aider à enjamber ce cloaque, moi, la jeune fille a sauté et j'ai vu son slip, rouge. C'était une journée du rouge. Je me suis relevé, délicieusement défait. J'ai quand même lavé ma figure, j'ai un fond de lâcheté dont je ne parviens pas toujours à me défaire. Mais j'ai oublié de me rentrer car mon inconscient lui a du courage et un type, malheureusement, m'a dit comme je remontais, il n'a rien dit, il a désigné ma braguette. Je me suis refermé, dans un réflexe enfantin d'obéissance durement acquis sous les regards d'acier de mes tantes éducatrices, et bien regrettable : j'aurais aimé déambuler ainsi dans la rue, sans savoir. Tout innocence. C'est un rêve qui me hante, et dont l'actualisation eût été le feu d'artifice de cette journée inoubliablement pourpre.

Qu'est-ce qui se passe. On me trompe. Pas de talons. Un collant sans trou. Pas d'accessoires. La collègue est assise sur le lit tranquillement. Elle ne fait rien.

— Quand on a des talons de toute façon tu ne supportes pas qu'on te monte dessus, il faut faire semblant. Ce n'est pas sérieux.

— Il est douillet, dit Macha, se promenant sur moi avec ses semelles de crêpe idiotes.

Je suis douillet c'est vrai. Ce n'est pas bien je sais. Ma contradiction interne. Ma croix à porter. J'ai beau lutter contre moi-même, faire des efforts surhumains, enfin pour moi surhumains, il y a des choses que je ne peux pas, des choses pourtant normales, du répertoire. Il m'arrive d'être obligé de me dégonfler, en pleine séance, quelle honte. Heureusement la honte me nourrit, ça compense. J'envie les types capables de subir les alènes dans la bite, les couilles fendues, moi je n'ai jamais pu. Ça me manque. C'est un défaut de la cuirasse. Est-ce par trop de raffinement? J'ai un seuil de douleur très bas voilà tout. D'autres l'ont sans doute plus élevé. Mais je souffre autant qu'eux en fin de compte.

— Maso et douillet, qu'est-ce qu'ils cherchent?

— Leur punition. C'est des tels salauds, et elle saute des deux pieds sur mes fesses. J'en ai eu un, elle saute d'un pied sur mes reins, il faisait déshabiller dans son bureau les mômes pris en train de piquer, l'autre pied sur mon dos, il était flic chef dans un supermarché, deux sur mes épaules. Ça le faisait bander, elle se retourne d'un saut léger, il voulait que je le tape en l'appelant cochon sale cochon, sans arrêt. Parce qu'il bandait, pas parce qu'il fouillait les mômes attention, faudrait pas croire. Un pied sur mon dos, l'autre sur mes reins, les deux sur les fesses, se retourne d'un saut – ma parole elle joue à la marelle! Sur moi! Elle joue! On me trahit. On ne suit pas les règles. On invente on inaugure on prend des libertés. On s'offre de l'imagination. On élargit le champ, sans me consulter. Mais je n'ai pas demandé de la nouveauté moi. Je suis venu me retrouver! Après une longue privation. C'est tout de même pour moi qu'on est là! Pour m'amener là où je. Pas pour qu'elles s'adonnent à leur philosophie personnelle! Des vraies professionnelles pourtant, depuis que je les fréquente, tout dans l'ordre, jamais un écart : des classiques. Qu'est-il arrivé pendant que j'avais le dos tourné? Pense pas dit-elle, me filant un coup de talon crêpe sur le crâne sans douleur à part mon nez sur le plancher, t'es pas ici pour penser. Je vais le mettre dans notre livre le flic il vaut le jus, vraiment exemplaire. Du coup, j'en ose tourner la tête vers elles. Un livre. Mais, et d'ailleurs, est-ce qu'elles ont le droit? Il me semble, le secret professionnel...

– T'occupe pas toi c'est pas tes oignons. Souffre! Y a pas une corde à sauter dans le coin Lisou? Ça me ferait de l'exercice en même temps.

– Faut-il qu'ils se sentent coupables, dit Elise.

– Et il y a de quoi. Ils le sont.

– Malheureusement ils se le sentent jamais au bon endroit.

– Mais vous non plus vous n'êtes pas là pour penser!... Ça m'a échappé. Je me tais, trop tard, je n'aurais pas dû ouvrir ma bouche c'est de l'indiscipline une faute majeure, qu'est-ce que je vais prendre, je tends le dos, tout tremblant. Voilà que moi aussi je fais des écarts, moi d'habitude respectueux jusqu'à la rigidité, elles me contaminent – mais aussi, mais quoi, je ne peux tout de même pas les laisser corrompre le rituel à la fin je devais mettre le holà à toute cette anarchie, je hais le désordre, et est-ce que je vais me faire analyser par mes putes? Le corps, o.k., elles en font ce qu'elles veulent, enfin ce qu'il faut c'est le contrat, mais penser, ça, pardon, ce n'est pas leur affaire, en tout cas pendant les heures, et après tout c'est moi qui paie!

– Au fait tu dois un supplément dit Macha, qui lit en moi, mais je suis nu à part le froc sur les pieds, passe-moi son portefeuille Lisou, tiens, je ne prends que cinq, regarde bien, tu vois je suis juste, moi j'entôle pas. A deux, c'est donné.

– Mais... mais l'autre ne fait rien... dis-je, amer.

– Elle te voit, c'est pas rien. C'est un travail de te voir, tu crois que ça rend pas malade?

– Ça veut souffrir mais dès que tu touches à leur blé attention. C'est là que ça leur fait vraiment mal, et ils aiment pas.

– Je, je ne comprends pas, dis-je, des larmes dans la voix, ça ne va pas, je ne sens rien, vous n'êtes pas comme avant vous ne faites pas comme je veux, ce n'est pas honnête.

– Il faut être honnête, dit Elise, sentencieuse. Tu vois? et elles se marrent.

– Eh, les temps changent, mon petit, dit Macha.

Elle saute par terre, et, d'un autre ton : Des réclamations. Tu oses. Cette fois tu en as trop fait pour un seul jour. Allez, à genoux. Là. Au pied. Chien.

Ah enfin. Elles se reprennent. Elles ont compris. La punition je la mérite je sais. Maintenant ça va être ma fête. Je dis pardon tout de suite, autant qu'on veut, pardon, pardon, pardon.

– De quoi?

– J'ai été indocile, rebelle, ingrat. Je n'ai pas reconnu vos bontés. Elle attend, le fouet à la main. J'ai oublié ma condition, je suis votre esclave, permettez que je vous lèche les pieds.

La semelle crêpe a un sale goût, et la botte c'est du plastique, où sont les cuirs d'antan.

– Alors?

– Je dois être puni.

– Comment?

– Cruellement, Maîtresse, dis-je, levant des yeux implorants vers l'instrument de mon juste supplice. Je suis un chien.

– Alors à quatre pattes si tu es un chien. Tu vois ça? Qu'est-ce que c'est?

– Le fouet.

– Le quoi du fouet?

– Le manche.

– Et où tu vas l'avoir, le manche du fouet? Je frétille, ravi, je n'en espérais pas tant, je me place, je m'écartèle, je lui montre où. Oui, Maîtresse. Vous êtes bonne. Et jusqu'où? Tout Maîtresse. Tout. Mettez-le tout. J'absorbe, je prends, je mange, je n'ai pas de limites, ô divine punition! Il bande, punis-le. Il n'y a plus de fouet il l'a bouffé. Prends sa ceinture. Oui. Merci. Dis merci. Merci, merci! Merci. Quel appétit, il a presque tout avalé il n'y a que le bout qui dépasse, c'est trop mignon! fais-le bouger, allez remue-toi un peu le popotin, non ce qu'il est drôle comme ça, avance pour voir, mon dieu qu'il est rigolo avec sa queue, il est fait pour ça. Cours un peu, fais un tour de piste. Allez! Tiens, on va la laisser. Elle te va trop bien. Tu vas sortir comme ça. Et la garder où elle est, hein! Je t'en fais cadeau, dis pas que je suis pas bonne avec toi. Jusqu'à demain. Demain, tu me la rapportes, j'y tiens comme à la prunelle de mes yeux. Et fais attention de pas me l'abîmer elle est de chez Kermès, moi je suis délicate sur mes outils de travail. Allez debout, rhabille-toi. On va faire un trou à ton pantalon. Juste défaire la couture derrière ça ne va pas le gâcher. Grouille, on a déjà pris trop de temps, et ton ménage tu l'as bien fini j'espère. Oh! mon dieu ça fait mal. Je ne peux pas marcher. Marche.

– Le collier, dit l'autre. Tu ne trouves pas?
– Quelle bonne idée. Il en veut il va en avoir. Pour son argent, argent, argent, plus de réclamations possibles après ça. Qu'est-ce que c'est? dit-elle, me secouant sous le nez les petits grelots.
– Le collier.
– De qui?
– Du chien. Regarde Lisounette il est complet maintenant. Il est presque beau. On va sortir? Hein? On va sortir? Tu es content? Alors remue la queue si tu es content. Montre-nous ta reconnaissance. »

Je remuai la queue.

On sortit dans la rue Saint-Denis, moi en laisse. Moi en gloire. Chaque pas était à la fois le pire et le meilleur et la synthèse, jamais je n'avais eu encore à accomplir une méditation si profonde et si continue, ah j'étais puni cette fois, je marchais mon châtiment, je portais ma croix où il fallait et dans la rue Saint-Denis. Vers le Golgotha des Lombards, avec mes deux larronnes, parmi la foule des incroyants. Je n'avançais pas encore très vite mais je me récitais les Maîtres et cela me redonnait de l'allant : je m'élevais jusqu'à eux, j'allais être leur égal, était-ce mon apothéose enfin ?

Le collier n'aurait rien été, que banal, sans la queue. Elle était peu visible, d'abord parce qu'impensable, et puis il commençait à faire sombre : un seul passant se retourna sur moi pour contrôler s'il avait rêvé. Non. Il ne se signa pas toutefois, il passa, nous sommes dans un siècle sans foi. Les autres laïcs ne nous prêtaient pas une telle attention, qui fait attention à qui et puis on en voit tant de nos jours et ici, d'ailleurs n'étions-nous pas l'innocence même ? Macha et Elise, coiffées de bérets, avec leur jupe courte et leurs bottes de cow-boy, avaient l'air de deux gamines. Promenant leur chien, chien d'une race spéciale, et même avec un pedigree mais ça elles ne le savaient pas, et moi je ne m'étais jamais senti si lavé que par cette divine douleur. Les collègues saluaient notre passage de rires et de murmures flatteurs comme un encens, dont il me semblait percevoir la senteur.

La queue était peu visible et sans doute échappait à beaucoup, mais moi je la savais là et elle exaltait tout. Certes je ne pouvais l'oublier. Et il était impossible que je la perdisse, eu égard à sa mèche effilée. Le danger était plutôt que je l'absorbasse tout à fait, ce que je ne voulais pour tout l'or du monde. Je n'osais contrôler de la main son extériorité, j'essayais de saisir mon reflet dans les vitrines des sex-shops mais il faisait peu clair.

– Mais oui elle est toujours là, dit Macha, notant mes contorsions. Tu ne risques pas de la perdre, elle lui donna une petite secousse, d'une main légère, et la vibration terrible se propagea jusque dans mes tréfonds. Jusqu'à l'âme. Oui, à l'âme.

– Elle te va comme un gant, dit Elise. Elle fait corps avec toi. C'est comme si tu étais né avec.

– Tu n'as jamais été autant toi-même, dit Macha.

Je le savais! Satan avait sommeillé en moi jusqu'à cet instant, Il s'éveillait, Il se manifestait enfin dans la Réalité, s'incarnait, et c'était moi. Moi! O hypostase, moi, tel que je suis dès avant ma naissance. J'avais trouvé mon visage originel, j'eus un éblouissement – le satori? Je me sentais pousser des plumes d'oiseau sur tout le corps, je m'étendais jusqu'au ciel, je devenais la grande O notre mère à toutes. Et tandis que nous avancions tous les trois, Elise tenant ma laisse, Macha faisant de temps en temps vibrer mon âme d'une main légère, il me sembla que s'établissait entre nous le seul lien véritable, celui de l'esclave et du maître lorsque l'apparence des choses bascule, que l'esclave assomptionne, que ce qui est en bas devient ce qui est en haut. J'accédais à mon triomphe.

– Il déconne complètement dit Elise, et je dis : je jouis jusqu'à l'âme.

Je dis cela au vent. Elles n'étaient plus là, m'avaient laissé au milieu de la rue avec mon collier et ma queue. Je ne vis les poulets qu'ensuite. Mais eux ne me virent pas, passèrent à côté de ma splendeur. Ils ne sont pas programmés si haut et puis il faisait nuit. Je procédais à pas lents, avec ma méditation profonde qui me devenait familière, amie, bonne, pareille à la présence de ma Mort, telle une compagne élue pour le pire et pour le meilleur. J'ai ma mort dans le cul me dis-je, ravi. Je songeai à le noter. Mais je me souviendrai. La preuve.

Je ne pouvais conduire ma voiture, ni prendre un taxi – m'asseoir était hors de question : désormais, j'échappe à la civilisation du siège, la nôtre, il me faudra vivre debout.

Heureusement, tout se passe à peu près dans le même coin à Paris, je n'avais guère que la Seine à traverser. Tout de même, je ne la savais pas si large. Bon, qu'elle le soit : j'avais reçu l'ordre, je me devais d'obéir même hors de tout regard témoin, et de ne rien changer de mes projets. J'ai mon honneur. Il fallait continuer. J'avais un cocktail.

Je suis fait à la marée de dégoût que mon apparition parfois soulève, quand je suis dans un de mes états. J'ai au moins une qualité d'homme : l'audace ne me fait pas défaut. C'est peut-être dans le sang après tout.

La vague monte devant moi, je peux presque en percevoir l'odeur, odeur comme de sueur surie, je suis très sensible aux odeurs évidemment. Et puis c'est le ressac, brutal, extravagant, plus évident d'être inavoué – ils sont tous libérés bien sûr qui ne l'est, mais la question c'est les limites et moi je n'en ai pas – le ressac qui les reflue de moi intensément en raclant les galets d'un souffle assourdi. Et moi, je jouis de la répulsion que j'inspire, car j'aime les sentiments collectifs, les négatifs bien sûr les autres sont écœurants, ressentis par des foules entières, je suis mégalomane de l'indignité.

Le collier passerait, y compris la laisse qui me pend solitaire sur la poitrine, de nos jours le collier c'est un classique. Encore que les grelots... je pourrais bien faire mon entrée dans un joyeux carillon, comme un troupeau de chèvres. Ou comme un troupeau de lépreux. Je n'ai pas cet héroïsme, un tintement impromptu par-ci par-là me donne mon content de frissons. Mais c'est la queue : le blouson est assez rase-pet, et justement aujourd'hui, je porte un pantalon clair, on ne saurait tout prévoir et surtout pas ça. Il ne m'est pas douteux qu'elle se voit comme le nez au milieu de la figure, sous les lustres d'authentique cristal; au fait nullement déplacée ici me dis-je, étant de chez Kermès – lui ferai-je affronter les feux des projecteurs que j'aperçois là-bas à l'autre bout des salons, la télé est présente, ferai-je un passage dans le champ par inadvertance, combien sont-ils à l'autre bout, dix millions, douze? Je ne connais pas le chiffre exact mais il me suffit, vais-je? Tentation et crainte combinées me font une démarche asymptote parmi la foule pépiante – qui, derrière moi, abruptement se tait, est frappée de mutisme. Je tranche dans le tas humain comme un couteau dans le pâté, comme un navire toutes voiles dehors je fends de mon étrave le brouhaha mondain. Je fais le partage du silence, tel Moïse celui des eaux. Orgueilleuse puissance, payée du sacrifice de ma dignité, l'exaltant paradoxe. Plus loin, à ma poupe, les eaux se referment. Les voix reprennent, comme si de rien n'était. S'étonner n'est pas de bon ton, chacun connaît tout donc n'est surpris de rien, il n'est pire disgrâce par ici que de passer pour normal – cependant, je note un léger fléchissement dans le registre, la voix est le manomètre de l'inconscient : c'est encore plus faux si possible à ma poupe qu'à ma proue. J'ai une oreille de chef d'orchestre. Et il me faut bien m'y fier, car, je n'ose pas me retourner. Ma nuque est raidie pour ne pas sonner, si navire je suis alors aussi peu maniable qu'un pétrolier géant. Je me rends compte que mon front est couvert de sueur. Je ne puis l'essuyer sans dévoiler ma fragilité. Il est heureux que mon front soit sur le devant, de sorte qu'on voit l'effet avant la cause.

Et voilà mon cœur, mon triste cœur de sympatico qui entre en danse : je viens d'apercevoir un de mes patients, s'il me voit je le perds, voilà, je l'ai perdu. Je tremble – mes grelots vont-ils en proclamer la nouvelle en trilles joyeux ?

Mon corps me trahit ! Tandis que mon esprit est habité de gloire et de sérénité, lui se traîne dans la terreur abjecte du qu'en dira-t-on, au reste il ne jouit plus, ah combien Paul dit vrai : je fais le bien, que je ne veux pas, et je ne fais pas le mal, que je veux. Il n'y a ici que des valeurs de vanité, eh bien je jouirai de ma vaillance au lieu de mon cul. Aussi longtemps du moins que ma lâche carcasse ne me faillira pas complètement. Par grâce, juste au point qu'elle va le faire je croise mes amis V., leurs regards, m'ayant enveloppé, s'éclairent d'une presque admiration, et leurs mains vers moi se tendent.

C'est un cocktail littéraire, bien qu'un peu fermé vu la nature particulière de l'ouvrage fêté. Je reconnais bientôt quelques autres compagnons de souffrances.

Je ne sais ce qu'il serait advenu de mes sensibles nerfs si j'eusse été laissé à cette solitude, haute certes mais jusqu'au vertige, sans eux, qui m'accompagnèrent au moins des yeux, et pour certains, de leur personne. Je sentais venir d'eux le soutien, le renfort. Je n'étais plus seul. Ils me portaient. Le sang revint à mes artères, l'air à mes poumons, la sueur de mon front sécha par enchantement.

Une minorité, sans doute – du moins, pour ce qui s'avoue. Et on s'avoue, on m'approchant : voici que je marque, ce soir, je suis un sceau. Ainsi notre hôte, bien qu'il se répandît partout, parvint à ne pas me voir : « Je ne connais pas cet homme », mais ce n'est pas ici que des coqs vont chanter. Bon, il pense avoir un rôle à tenir et prend son Comment allez-vous pour une institution, je ne vais pas faire procès à l'un de nous pour des lâchetés, je sais trop ce que c'est. Mais voici Kavel le grand, énorme de taille et de prestige, qui, m'ayant contourné, m'entoure les épaules, dans une détermination quasi officielle.

– Bertrand! Tu m'as l'air en pleine forme ce soir. Au fait tu vas me dire ça toi : est-ce que je vais à Moscou ou pas? Dire mes poèmes, tu comprends. C'est assez dialectique, non? Ils ne doivent pas avoir suivi mes récents développements. Mes poèmes, ils seraient plutôt pour la place Rouge...

– Va les dire sur la place Rouge!

– Ils vont me mettre au Goulag! Et confidentiellement, il baissa la voix, je n'aime pas ce style-là, de tortures.

– Qui sait? Et où est au juste la différence? Ce serait intéressant, à savoir... on ne dispose d'aucun élément, de ce bord-là, au fond. Personne n'ose : sacrilège. Il est entendu que les camps c'est l'abomination, point. Alors personne... Mais toi, le grand blasphémateur... Le mot « camp » avait fait un léger tilt quelque part dans mes synapses.

– Tu veux m'expédier comme cobaye dans le Goulag, c'est ça? retentit Kavel. Tu es vraiment un fanatique, toi.

– Je te promets que j'organise une pétition. A ton retour, triomphal, tu publies un ouvrage scandaleux, tu te fais plein de blé...

– Alors si tu es tellement intéressé pourquoi tu n'y vas pas toi-même? Tu publierais un ouvrage encore plus scandaleux et encore plus fricant.

– Ils ne m'invitent pas, moi. Je suis trop à gauche.

– Espèce de, de plaisantin! et le géant me file une tape amicale dans le dos – oh! pardon, dit-il, et murmure: ça fait mal?

– Seulement quand je ris.

– Ha ha ha! Kavel s'en va en se tenant les côtes. Ses raisons d'être parmi nous ne m'ont jamais été très claires, je devrais être plus franc: elles m'échappent. Et comme je ne l'ai pas en analyse (il n'en fait même pas), elles ne vont pas tomber dans mes filets. Du reste je serais pour lui un mauvais analyste, en raison de cette curiosité justement (je suis très à cheval sur la déontologie). Et ce jovial colosse supporte tout, je suis hors-jeu depuis longtemps qu'il en veut encore. Cherche-t-il à se vaincre? A-t-il honte de sa force? Se punit-il d'abus anciens, les chatons, le petit camarade trop aimé? forcé? La Mère par lui naissant blessée? Tuée? Déformation professionnelle, paranoïa, bref, je ne sais pas. A quoi j'ai du mal à me résoudre. Je suis un maniaque de la Connaissance.

J'aperçois Malaure là-bas, centre d'un groupe évidemment, et évidemment couverte d'un chiffon extravagant, qui doit peser trois grammes et coûter mille fois son poids d'or, cache ce que d'habitude on montre et laisse voir tout ce qu'il ne faudrait pas pour être honnête, ce qui fait que Malaure y est très à l'aise. Mais Malaure et moi, sauf accord spécial en vue d'opération commune, ne nous accolons pas dans le monde, préférant garder les mains libres. Certaines de nos relations ignorent même que nous nous connaissons. J'aime ces jeux, qui obligent à garder un contrôle parfait des niveaux de mensonge.

Quand je n'avais rien, Malaure s'est prostituée pour moi. Elle me faisait confiance, et d'ailleurs, elle sait l'avenir. Elle l'a fait d'elle-même, et par goût. Et toujours en ma présence. Et toujours pour un haut prix : elle aimait recevoir de l'argent en échange d'elle, je sais ce que je vaux comme ça. Ça me rassure, disait-elle. Elle s'amusa à demander de plus en plus, pour voir, et devint positivement hors de prix à mesure que c'était de moins en moins nécessaire. A présent que ce ne l'est plus du tout, il lui arrive de le faire. En dilettante. Pour de gros enjeux, pas forcément d'argent – parfois pour plus que de l'argent. Nous sommes si complices que j'en ai le vertige.

J'aime ma femme.

Quand je vins croiser dans ses parages elle ne cilla point, parut sans doute de marbre à d'autres regards mais aux miens, sa peau se tendit sur ses pommettes comme irriguée d'un courant soudain et ses yeux s'élargirent : je connais ces signes. Hélas! Elomire Gardon se jeta sur moi avec son habituel échauffement et un micro. J'avais complètement oublié le vague rêve jadis caressé de passer devant les caméras. Un spot m'inonda. Me montrer à de quelconques douze millions me semblait maintenant tout à fait futile, je fis un signe de dénégation – dont un grelot tinta, l'œil professionnel d'Elomire se porta sur le collier, fit comme s'il n'avait rien rencontré, mais, Excusez-moi dit-elle, se replia dans sa machinerie où elle eut un conciliabule secret, et revint disant : Je suis vraiment désolée, il paraît qu'on n'a plus de bandes... Vous m'excucuserez n'est-ce pas, je reregrette teterriblement... Elle bégayait et avait viré au cramoisi transpirant, le conciliabule avait dû lui révéler que j'avais en plus côté pile un appendice. Les projecteurs moururent. On plia bagage, ma parole c'était la retraite. Je n'avais pas dessein de parler, je ne sentais rien à dire – à part de ce qui m'occupait tout entier dans cet instant. Mais – les larves! les valets! La terreur de déplaire aux maîtres est telle en ce pays qu'on s'interdit d'abord afin de leur épargner la douleur de le faire, on n'a même plus le réflexe de saisir fût-ce pour les archives une image sortant de la routine – et, qui sait, historique? Allais-je faire fondre la pellicule? J'en riais – mais ça fait mal quand je ris.

– Dommage... Gilles-Henri a posé sa main sur mon bras. Ç'aurait été extra. Tu as raison, Bertrand, le moment est peut-être venu.

Gilles-Henri, c'est notre petit activiste, il ne peut se tenir de militer. Il pond, dans des feuilles marginales, ou porno, enfin où il peut, des textes allusifs malheureusement imperméables aux laïcs à qui justement ils s'adressent, en faveur de ce qui se dénomme aujourd'hui « minorités sexuelles », et du « droit à tous les désirs », je suis obligé de mettre en guillemets ces expressions que je ne saurais endosser.

Je suis évidemment en désaccord avec Gilles-Henri sur toute la ligne, ses « minorités sexuelles » sont un cauchemar syntaxique, son « droit au désir », un monstre grammatical, sémantique, ainsi que métaphysique, et aussi physique. Accouplement aberrant de termes allogènes : le désir est ce qui outrepasse, et transgresse, et transcende. Et le droit... bon, je ne vais pas faire une dissertation. Encore que la mode insane de réclamer des droits de tout – des homosexuels qui veulent se marier à la mairie pourquoi pas à l'église, des couples qui veulent un sauf-conduit pour swinguer, et je suis plus navré encore quand je la vois s'étendre à mes pareils – cette mode-là mériterait bien un libelle.

J'y dirais : je n'ai que faire de vos droits, et comment me donneriez-vous celui de transgresser ? et de quel droit d'ailleurs ? Dieu même ne le pouvait donner, s'Il voulait.

L'interdit, voilà mon territoire, et l'opprobre, la nourriture dont je m'empoisonne, ce n'est pas un gouvernement qui la peut changer en confiserie par décret.

Voilà ce que je dirais. Et Gilles-Henri me traiterait encore d'anar, « anar d'élite », dit avec une tendre ironie cette âme généreuse, chevalier des pervers démunis, et moi, tout de même, je l'aime, il me touche par le non-sens même de sa démarche, comment peut-on être si niais. Tu as fait une grande chose ce soir, me dit-il – ciel, me voilà une manif! Ce n'est plus une queue que je porte mais un drapeau – aussi mortel pour l'érotisme que l'eau bénite pour le diable, l'aube pour les vampires, le droit pour le désir, je m'esbigne, je prends la tangente, je mets le cap sur la sortie, épouvanté d'être fait malgré moi le champion officiel d'une cause qui vit de honte, de secret et d'ombre.

Pourtant, je trouve une façon de contentement dans la pensée que nous sommes un certain nombre. Je ne nous avais pas encore envisagés comme un mouvement de masse.

J'achevais presque triomphal mon aventureuse traversée, plus semée de récifs et de requins que celle de Monsieur Dumoulin : j'avais en quelque sorte gagné, au moins sur moi. Je ne pouvais me tenir pourtant, tandis que j'approchais la sortie, de hâter le pas de mon mieux, pressé tout de même, après ce bel effort, de me retrouver à l'air respirable et à l'obscurité du dehors – quand tout à coup face à moi, blonde, cheveux courts, plantée comme un jeune arbre je vis, oui, je ne pouvais me tromper c'était elle : l'Ange Exterminateur, que le hasard qui n'existe pas replaçait sur ma route. Armée d'un Nikon.

En un spasme, le souvenir me remonta avec un parfum de latrines, mon cœur cogna dans mes côtes, et comme tout ce que je ressentais alors me résonnait jusqu'aux entrailles je me mis à vibrer comme une contrebasse.

– Je vous connais. Nous nous sommes rencontrés dans des chiottes, lui jetai-je, retrouvant toute ma superbe d'un seul élan vers l'inconnu, je revivais, je ne vis que dans ces risques-là.

Elle eut, cet arbre eut un premier mouvement comme pour passer outre, elle fit deux pas, se retourna, vit et choisit de tenir le choc. Je savais.

Sa lèvre se retroussa dans un rictus et je vis ses canines, pointues; tomba sur moi le même regard que naguère, m'aplatissant au sol : elle m'avait reconnu. Elle se souvenait de moi!

Elle m'examinait sans gêne.

– Vous me permettez de prendre une photo?

– Avec le plus grand des bonheurs, et elle le fit, au flash, de profil, et fut cause qu'on ne put désormais m'ignorer. Elle est le véritable auteur du scandale.

– Etes-vous la plus cruelle, ou la plus généreuse des femmes, étant déjà la plus belle?

« Clic » fut la réponse, dans mon dos, à mon madrigal. Je méritais ça.

Tels étaient à cet instant ma jubilation, mon bonheur, que j'avais perdu tout sens des réalités. La question d'un éventuel usage de ces photos ne se leva en moi que bien plus tard, bien plus tard. Je sentais sans voir (décidément je ne pouvais me retourner : les grelots) (une faille dans ma cuirasse) qu'un cercle de vide nous entourait – tant il est vrai qu'un point intensément chargé crée un champ de forces, simples lois physiques. Une barrière infranchissable nous entourait, nous mettant quoi qu'elle en ait dans la même patate. Je dis :

– Je veux m'attacher à vos pas.

Eut-elle un léger haussement de sourcils, une imperceptible moue de dédain, vis-je ou rêvai-je le rictus dévoilant les canines ? Elle passa, se dirigea vers la sortie. Ne répondit point. Elle était parfaite.

Je me rappelle comme en un songe avoir vu Malaure glisser devant moi, au plus près, coupant le champ : il n'est point de barrière infranchissable pour Malaure, simples lois physiques. Elle me lança un signal : noir, vert, noir, son regard est un phare. Un signal : danger, récifs. Avec naufrageurs.

Je le savais diable bien ce n'était pas utile de m'avertir – ou s'agissait-il d'un si terrible danger ? et quel alors, grands dieux ? Il n'en est pas que je ne brûle d'affronter, aucun ne saurait être pire que mon pain quotidien, et c'est là peut-être d'où me vient mon courage. Malaure disparut. En aucun cas elle ne ferait interférence dans mes affaires de cœur si je ne l'y invite. Je ne l'invitai point. Je suivis l'Ange.

Un bref instant elle s'était arrêtée sur le seuil. Il pleuvait. Elle rangea son appareil et, les mains dans les poches partit sous la pluie. Moi aux trousses. Le savait-elle ? Il semblait impossible qu'elle ne le sût pas. Comment ne point percevoir la force que j'émane, à de certains moments ? L'expérience que j'ai des femmes m'a enseigné que le désir à ce point compact est un ordre, ordre direct, d'inconscient à inconscient... Mais elle ? Non. Elle, non. Elle est la muraille du Temple, le barrage laser. Mon désir ne pénètre pas là, il ricoche, il revient sur moi, plus compact encore, contondant, douloureux. Ah! je suis marqué.

Quand je parle de mon désir, qu'on n'aille point entendre que je veux coucher avec elle. Loin de moi pareil absurde projet. Je ne couche pas. Je me couche, disons pour résumer.

L'envie compulsive que j'avais prise d'elle me laissait étourdi. Elle ne répondait à aucun de mes standards qui pourtant sont à peu près des fixations : l'aspect peut net, le teint brouillé des nuits difficiles, les cernes, la chevelure tentaculaire, et la bouche, surtout, la bouche comme barbouillée, mordue, quelque chose qui a servi, voire trop servi, pour moi la virginité n'est pas un régal, au vrai je ne l'ai jamais rencontrée ça ne doit pas être un hasard.

Celle-ci était la clarté même. Le matin, la rosée, les sources, bref l'horreur, les traits faits au ciseau, et le tout d'une propreté choquante, elle m'évoquait Siegfried, l'aimer était de ma part une perversion. Et comble de disgrâce elle n'avait pas vingt ans. Un âge que je hais.

Tenir son allure me brûlait, m'arracha des larmes, et puis je transcendai, comme d'habitude, et j'accédai aux splendeurs qui ne se découvrent qu'au-delà, à ceux qui passent le Rubicon de feu. Le pas autant que faire se pouvait amorti, l'œil rivé à ses fesses, hautes, serrées dans le coutil, et dont l'obsession ne me quitterait plus, je suivais. Elle ne se retourna pas une fois – totalement sûre que j'étais là derrière, aussi tenu que par une laisse. Oui, Maîtresse, oui.

Tout ce que tu veux, je suis tien jusqu'à la moelle profonde cachée de mes os.

Ainsi nous allions devisant, vers l'est, nous passâmes le fleuve, parvînmes au Marais, moi tiré par l'invisible licol, la fière silhouette en jean. Main dans la poche, je suivais ce mauvais garçon, et tous mes lieux étaient humides.

Au tournant d'une rue soudain je la perdis, je tentai de presser l'allure, je la revis loin devant comme si elle avait fait un bond, ou que l'on eût coupé la bande. Je la perdis encore. Je la retrouvais chaque fois plus loin dans le film, pareil à un cauchemar, elle ne fut plus qu'un point à l'horizon, tandis que mon corps s'alourdissait, que mes jambes allaient au ralenti, ne me portaient plus. Je n'étais pas en très bonne condition pour une filature. Elle disparut au loin, dans un mur.

Je trouvai là une porte étroite et haute, dans une des rares maisons lépreuses qui restent encore de ce quartier. Au bout du couloir obscur que je me gardai d'illuminer, je me trouvai transporté dans un jardin. S'élevait en son centre un chêne majestueux que, de là-haut, deux fenêtres faîtières seules éclairées nimbaient. De ce lieu, la beauté subite m'inonda. Je m'adossai à l'arbre. Je me sortis. M'exposai, m'offris à cette haute lumière, à l'incertitude, au vide. Seul, sous la pluie, et, sans espérer la manne d'un improbable regard, devenu pure prière – et que cherchais-je au monde d'autre que cela, en fin de compte? – je me donnai à Elle – absente, à jamais.

Un bras sortit de l'ombre devant mon visage. Nu, musclé, m'enserra le cou comme une tenaille. Je fus jeté à terre, saisi par mes habits, traîné hors du Jardin ainsi que d'autres jadis, jeté sur le trottoir mouillé, visage contre terre.

Bien longtemps après, je me relevai comme d'un long sommeil, d'une maladie, tout s'était déroulé dans une hypnose de joie parfaite, dans l'ordre des choses. La nuit déjà s'apâlissait.

Le retour – la Seine à traverser – finit de m'épuiser. Je frappai chez Malaure.

Je ne pouvais être seul ce soir. Elle le savait. Je savais qu'elle le savait. Lentement dépouillé de mes vêtements – entreprise malaisée – je me glissai contre elle. Je frissonnais. Elle m'entoura avec une extrême douceur, de ses grandes mains, mains d'étrangleuse, si peu accordées à son corps ophidien. La compassion de Malaure, c'est le miracle de ma vie. Elle seule, je crois, connaît ma misère. Et de cela, de je ne sais quoi, de ma joie, de mon malheur, de tout, il me monta une érection comme il ne m'arrive presque jamais, ce qu'on appellerait « normale », et je dis cet indicible :

– Je veux te baiser.

Concession suprême, elle me laissa la monter. Faute d'autre aptitude présente de mon côté, en missionnaire – cela, que nous n'avions jamais fait sauf ivres ou Dieu sait quelle bizarrerie de circonstances, en temps ordinaire nous en aurions rougi de honte, et de toute façon baiser ensemble était le dernier de nos soucis, ensemble nous avions bien autres choses à faire.

Elle me dirigea dans ses voies, que je trouvai étonnamment avenantes – et là, tout de suite, je commençai un orgasme comme jamais, long, rauque, ténébreux, qu'une grande douleur d'entrailles et d'âme habillait de mort, je râlais, j'agonisais, et comme en un délire de peyotl je me sentis transpercé de part en part du ventre par le sommet d'une montagne, la main de Malaure tenait mon prolongement et nous berçait contre elle, moi la montagne et mon âme, et le Dieu qui derrière me fouillait en grondant le son du tonnerre et je me mis à hurler Po, po, po, po! me reconnaissant sous le volcan, non ce ne sont pas des choses qui arrivent tous les jours.

Je ne sais trop si j'ai éjaculé j'étais bien au-delà, ni si Malaure a joui, d'ailleurs elle ne jouit jamais dans le coït proprement dit – si on peut formuler ainsi. Le lit était souillé de je ne sais pas quoi et nous sombrâmes dedans.

Bien sûr c'est comme ça qu'on fait un enfant. Malaure ne porte aucune protection – ses manières de jouir les rendant à l'accoutumée inutiles. Au fait, c'est ainsi que nous avons fait le second, grâce si je puis dire à une autre de mes rares érections normales : Elliot complètement défoncé me sodomisant contre toutes mes habitudes tandis que je pénétrais ma femme, de sorte que Marie-Jean est son fils à peu près autant que le mien, sauf de sang.

   Je connus Malaure, à l'époque Marie-Laure de Rothen, lorsqu'elle était étudiante (en sexologie disait-elle bien que de discipline telle n'existât point). J'étais moi-même humble maître assistant et je n'avais pas encore produit ma thèse fameuse*, sans parler de mes autres ouvrages; je n'étais personne. Je n'avais pas non plus encore de clients – bien que j'eusse déjà acquis un divan d'époque, le même qui gémit encore aujourd'hui sous la misère du monde car je ne veux pas m'en défaire – et Mlle de Rothen fut ma première. Elle souffrait de phobies d'une remarquable diversité. Un jour que nous causions après mon cours elle se laissa aller à me confier (je crus qu'elle avait fumé, elle n'était pas dans son état habituel, je ne compris que bien plus tard la sorte d'état que c'était) un de ses fantasmes, ainsi que son angoisse d'en venir quelque jour à l'acte, et, avec des frissons dans la nuque, je lui conseillai de tenter une analyse.
   Les fantasmes de Mlle de Rothen consistaient en tortures d'un grand luxe d'imagination et sortant tout à fait des sentiers battus, qu'elle infligeait interminablement à des victimes choisies – dres-

* *Un Œdipe dans une société matriarcale*, E.U.F.

seurs de chiens, moniteurs de gym, toreros, footballeurs, harekrishnas, chirurgiens and the like – et qui toutes s'achevaient avec la mort, extatique, de l'élu. (Voir ma monographie *La Tueuse de garçons bouchers*.)

La cure partit en flèche, ma patiente perdit ses migraines dès la première séance – déjà je formais la pensée que j'avais le don – mais dut être interrompue pour des raisons déontologiques : je devenais la proie de frénésies masturbatoires derrière le divan. En dépit de mon extrême discrétion je craignais qu'elle ne s'en doutât. Pourtant, lorsque je lui annonçai que nous ne pouvions poursuivre elle protesta avec véhémence : Et pourquoi cela ? Ça marche très bien au contraire, j'ai beaucoup moins peur des oiseaux et j'arrive presque à toucher au téléphone, vous êtes certainement très efficace et puis je vous en ai déjà trop dit, d'ailleurs ce serait refus d'assistance à personne en danger me dit-elle, montée sur ses grands chevaux. Evitez-moi de commettre des crimes, nous continuons ! Il m'était déjà à l'époque, il m'a toujours été très difficile de ne pas obéir à une femme lorsqu'elle ordonne, et à Mlle de Rothen c'était tout à fait impossible, je me jurai de tenir bon mais, malgré une résistance antoinienne je retombai, une autre fois je voulus arrêter, une autre fois elle monta sur ses chevaux et annonça la disparition d'une liste de symptômes, une autre fois je cédai à son insistance, c'est-à-dire à mes propres tentations. Et cetera. Et plus ça allait pire c'était. Ma première analyse était une répugnante immoralité, je souffrais mille morts de mon indignité professionnelle et étais décidé à porter ma démission à mon contrôleur, ma lettre était rédigée et sous enveloppe, disant à peu près la vérité : « Les séances me sont une trop grande épreuve... je crains de n'être pas encore parvenu à la nécessaire neutralité... » Mais je retardais sans cesse le moment, je me voyais perdu s'il me fallait renoncer à mon métier, il était au centre de ma vie, en dépit de tout je me sentais étroitement fait pour lui, j'étais sûr que cette misérable affaire était un accident, une pure malchance, j'étais victime de l'entêtement morbide de ma cliente, et même j'en vins à m'interroger sur la fameuse neutralité, bref la lettre était toujours dans mon tiroir quand, un jour, en pleine séance et indignité elle me dit : Si vous cessiez de vous cacher ? et ce fut le délire. Elle m'inventa la masturbation dirigée, comme un chef d'orchestre, allegretto largo poco adagio molto allegre molto allegre, et tira de moi des accents que personne. J'étais à ses pieds. Je voulais qu'elle ne me quittât plus. Mais elle tint à garder les heures et le rituel des séances, et c'est du divan que tout partait. De toute façon, ça me fait toujours du bien disait-elle – bien qu'il ne fût évidemment plus question d'honoraires –, j'arrive à ouvrir ma fenêtre.

Lorsque, par mon travail – pas encore la grande presse mais du moins, sans reproche, et une réduction drastique de mes besoins, j'eus réuni la somme nécessaire, j'en fis une liasse, et je la lui restituai. Seulement alors je me sentis la conscience nette, et le droit de brûler la lettre. Malaure compta, fit deux parts, et me rendit le prix de six séances, soit la durée exacte de ma bonne conduite. Je me souvenais parfaitement des dates. Elle avait donc toujours su. C'est ce jour-là que je lui demandai pour la première fois de m'épouser.

Je dus m'y reprendre à de nombreuses : je réitérai ma demande à chacun des étonnements prodigieux que sa lucidité extrême me procura. Elle n'accepta que lorsqu'elle fut enceinte de Simone – par suite d'un concours de circonstances singulières évidemment – et parce qu'elle ne voulait pas que son enfant s'appelle de Rothen : je suis la dernière du nom et je veux qu'il s'éteigne. J'étais en effet le seul moyen puisqu'elle était opposée à l'avortement, pour des raisons que je n'ai jamais élucidées. Vous me paierez de ce prix-là dit-elle. Elle savait que j'avais une peur bleue de la paternité.

Les circonstances susnondites font que je suis plus qu'incertain, en l'occurrence, de la mienne. De ce doute, je me suis autorisé – autrement, j'ai trop l'esprit de famille – pour éduquer Simone selon ma morale. Hélas! c'est un échec, cette petite me hait aujourd'hui. Elle est lesbienne de la façon la plus outrancière, militante, antimâle extrémiste, ainsi qu'anti-freudienne de choc, et ne manque pas une occasion de le proclamer. Pour me contrarier évidemment, et souligner officiellement, en particulier devant mes étudiants, mon incapacité pédagogique, laquelle serait démonstrative selon elle de mon errance théorique.

En effet, j'aurais mieux fait de la fesser, selon mon rôle de père, plutôt que de la convier tendrement au banquet. Pour une fois que je tâtai de la naïveté, je fus bien puni.

Lorsque, notre intimité bien établie, je réclamai de Malaure les soins attendus de la Maîtresse aimée, elle refusa. Et comme elle me voyait me rouler à ses pieds, connaissant ma patience sans merci elle dit, d'une voix rêveuse :
– Non, je ne veux pas commencer...
Jamais elle ne m'infligea la moindre douleur physique, il me faut vivre avec cette frustration, qui me tient en permanence sur la brèche. C'est la cruauté subtile qu'elle me réserve, peut-être la seule preuve d'amour qu'elle me puisse donner. Nous vous trouverons des gens pour ça, dit-elle, et elle les trouva, nous introduisit dans le circuit – à l'époque, je n'osais m'exposer. J'ai diable merci fait du chemin depuis.

L'étrange impression de s'endormir chaque soir dans le voisinage intime d'une qui se nourrit de rêves de meurtre. Je ne ferme jamais ma porte.

L'aube me dressa dans une révulsion de toutes mes entrailles qui voulaient me remonter jusqu'à la gorge, et tant chaque pas me déchirait que j'eus à peine le temps d'arriver jusqu'aux lieux. J'y demeurai longtemps à genoux et les yeux fermés, de peur de voir, sorti de ma bouche, ce qui n'avait pas d'issue à l'autre bout. Non que je sois en ces matières à un jour près ou davantage, ayant acquis dans mes très jeunes ans le pouvoir de me refuser : mes tantes, indignes de mes offrandes enfantines, ne tolérant pas que je m'y vautre à mon gré – ce sont des événements qui vous marquent à vie. Mais non. Angoisses vaines, à tout le moins prématurées, je ne m'en allais qu'en liquide amer, au fait j'avais oublié la veille de dîner – et comment y aurais-je songé au cœur de ma dédication ? Ah ! divine raison de tourner pur esprit. Elle ! A sa pensée rejaillie je repris sens et ordre, l'immonde éjection devint jouissance ondulatoire, en termes propres la matière se fit onde. L'hésitation me quitta, où j'étais entré au sentir de tels maux, de me défaire de leur cause. Non. Je gardais. Elle me le commandait. L'objet qui prolongeait, chargeait mon moi d'une sur-signifiance l'avait appelée tel un signal, un phare, c'est lui qui l'avait attirée à moi, il nous accolait, qu'elle le veuille ou non. Je l'assurai sans défaillance. J'étais apaisé.

L'instant suivant me vit prêt à répondre à Son ordre, informulé et d'autant plus impérieux, car perçu du dedans. J'accours, ma Sublime, je suis à Toi. Encore un peu lambin peut-être mais ça s'arrangera à l'usage. Un bain chaud conforta mon corps comme Elle l'avait fait à mon âme. Je m'oignis de crème, abondamment, et longuement.

Autant le dire tout de suite une fois pour toutes : je jouissais sans arrêt. J'étais en rut.

J'entrepris la traversée du fleuve.

PARTI au lever du soleil, à mon rythme présent, fort alenti, j'étais à huit heures devant la maison de l'Ange. J'y étais encore à midi. Deux fois Paul R., allant à son cours, en revenant, m'avait salué, la troisième, il choisit de ne pas me voir, par délicatesse. (Cet honnête homme n'est pas des nôtres. Ce cher Jacques m'aurait carrément demandé : c'est quand la relève ?) Ainsi planté pour l'éternité je jouissais pleinement de mon ridicule, lequel était d'autant plus énorme que teinté de romantisme – que dis-je teinté, enrobé, fourré, farci, infesté de romantisme. J'aimais. Ça ne m'était pas arrivé depuis Malaure, en fait on n'a pas si souvent de quoi.

J'ai honte d'avouer que j'avais mis un manteau, un léger trois-quarts de daim. Le collier était au fond d'une poche. Les gens qui sont dehors à cette heure-là ne sont pas encore prêts à accueillir ce genre de choses et je n'avais pas le temps d'attendre qu'ils le fussent. Oui, devant le peuple, à sept heures du matin, je baissais pavillon. Non au niveau du principe, sur lequel je reste très ferme – mais dans la pratique et provisoirement. J'espère. Je rêve d'un temps où l'ouvrier de chez Renault se promènera la braguette ouverte, mais en l'attendant il faut fermer la mienne. Les miennes. Tel est le destin des avant-gardes, bref je n'assumai point de choquer Billancourt.

L'Ange sortit à deux heures et me trouva telle la sentinelle à son poste figée par une nuit d'hiver. Le soleil l'enveloppa de gloire. Je fondis. Je la saluai (ne nous connaissions-nous pas après tout? ne m'avait-elle pas, même, dragué?) – d'une inclination de tête, ne disposant de rien d'autre en fait de signe, et du coup regrettai que le chapeau ne se portât plus. Pour de tels cas c'était bien commode. Le salut instrumental constituait un obstacle difficile à contourner. Sans le chapeau, elle n'avait qu'à passer. Elle passa. Je suivis, comme d'habitude. Nous fîmes halte devant le Mausolée de la Culture dont les structures intestinales coupaient massivement le chemin. Elle avait son Nikon, et entreprit de capter sous plusieurs angles ce grandiose ouvrage de plomberie, où je n'ai pas coutume de m'attarder autant, mais dont la topologie me permit par un invisible détour de lui arriver sous le nez, le chapeau manquait décidément : tenu à la main, avec la servilité nécessaire, il eût pourvu la scène d'une évidence, et d'une esthétique.

Elle continua de photographier des tuyaux, me traînant dans ses angles comme un quêteur pour le cancer, et puis sans s'interrompre et sans me regarder elle dit, froidement transactionnelle :

– Comment me débarrasser de vous?

Je suis vif :

– Voulez-vous m'accepter pour esclave?

Ce qui peut nous perdre mes pareils et moi dans ces moments décisifs de notre vie précaire, c'est, en face, un réflexe de bête moralité, premier mouvement irréfléchi qu'on regrettera sans doute ensuite. Elle ne l'eut pas.

L'humanité a conservé la nostalgie de l'esclavage. On nous a convaincus que cette forme de société – la seule qui s'énonça pour ce qu'elle était, et qui ait jamais réussi – est une horreur éthique. Mais cet appris n'est que de la surface. Dans les fonds profonds, c'est autre chose, l'idéologie ne descend pas si bas: qu'une seconde on oublie de s'en laisser conter par l'opinion reçue, et c'est la Tentation. Elle l'eut. J'en vis les signes monter, appesantir ses traits trop nets, les napper d'une sorte de flou – oh je connais, je connais! Sa tête effectua une rotation: elle se tournait vers moi! et son regard, rendu à l'archaïsme, comme alourdi de siècles, me parcourut à la verticale avec la froideur requise: elle jaugeait la marchandise.

Bien que j'en donne gracieusement les apparences, je ne crains pas vraiment, d'ordinaire, tel examen. Je me sais assez vendable sur ce marché-là, on peut me tâter: dents saines, échine souple, paturon sans enflure, aucune infirmité ni le moindre bubon suspect. Je ne trimbale pas même cette grisaille dont la rumeur ignare se plaît à nous masquer: jusque dans les pires abaissements je ne puis me défaire d'une dignité, peut-être de lignée, et qui me fait une façon détournée de séduction – certes non je n'ai pas la gueule de l'emploi et du reste qui l'a?

Mais je sais me tenir en son juste lieu, quand il faut.

Je ne crains pas d'ordinaire, mais là... L'angoisse – qu'elle fût trop jeune et débutante, et que les implications extrêmes de mon offre lui échappassent – me précipita dans un discours pédagogique : je vous servirai, vous ordonnerez, j'obéirai en tout, etc. Je suis à vos pieds, achevai-je.

– Alors soyez-y, dit-elle, technique. Sitôt j'y fus. Hésiter m'eût perdu. C'était l'épreuve, sans délai. Celle-là ne badinait pas.

Je tombai à genoux parmi les jongleurs et les funambules, et la badauderie qui fourmillait autour. Je me prosternai jusqu'à ses pieds bottés, je léchai le cuir, c'était du cuir. Je me foutais de tout. J'étais en pleine débauche. On m'acceptait! Le pavé se mouilla sous moi, le parvis de la culture reçut mon obole. J'entendis là-haut le déclic de l'appareil, elle poursuivait ses activités (reporter?). Son pied aimé, qui m'avait déjà si bien marqué derrière, repoussa ma figure avec naturel, se dégageant de mes embrassements – cette débutante ma parole avait fait ça toute sa vie! ou bien elle était la science infuse : avais-je eu le bonheur d'inventer une Maîtresse à l'état naissant? Elle s'éloigna, me laissant là, sans ordres, les genoux sur le pavé rugueux prévu sans doute pour le non-stationnement. Je m'y traînai comme au pèlerinage, après elle. Nous avions à présent un modeste public de trois personnes – ils nous prenaient pour un théâtre! les niais. Si bien piégés dans le spectacle qu'inaptes désormais à en distinguer la Réalité nue sous leur nez. J'en eus presque envie de rire mais ce n'était pas le moment. Une audace grandiose me vint avec la joie :

– Vous plairait-il... si vous vouliez... Elle s'éloigna, je suivis sur les rotules.... si vous avez le temps... elle s'en fut, je débitais mon texte en tranches, d'assister à mon supplice... tout à l'heure... chez les filles...

– Filles, me jeta-t-elle. Elle m'entendait donc.

– Prostituées, rectifiai-je, rue Saint-Denis, tout près d'ici... j'ai un... objet, à leur restituer dis-je, tête baissée avec une sorte de sourire, allusif espérais-je, et tremblant comme un vibro-masseur, la scène vous... intéresserait peut-être... Elle avait filé. Notre public se demandait sans doute quel était le sujet de la pièce.

Je ne la voyais plus. Eh bien j'allais rester fiché au sol où elle m'avait planté. J'y resterais pour l'éternité. C'était ma place, au titre de statue de la fidélité, ne fût-ce qu'à moi-même. Je n'avais d'autre lieu que celui où elle m'avait abandonné. Notre public, estimant que la pièce manquait de mouvement, se découragea. Les genoux me faisaient très mal, c'est déjà quelque chose.

Elle fut devant moi soudain, appareil rangé, mains aux poches. Me toisant d'un petit rictus – rigolard? (pervers? oserai-je?). Du menton, me fit relever. Je fus pris dans un tourbillon, une vertigineuse fulgurance, tout devint lumière y compris le béton, je dus me tenir à un tuyau, ça sert quand même à quelque chose. Et nous nous ébranlâmes. Nous! Moi montrant la route (mais subtilement en retrait). Elle me suivait. Elle venait! Elle supportait ma compagnie! Je l'avais embarquée dans l'Aventure. Elle m'obéissait!

— Par hasard, vous savez qui a fait ça? dit-elle, désignant du pouce la bâtisse derrière. Je savais, pas par hasard. Et les baraques là-bas? Elle notait, sur un minuscule carnet — journaliste, décidément? Ah! en ce cas je pouvais lui être utile, lui mettre le pied à l'étrier. Faire sa carrière! Qu'elle consente seulement à se servir de moi. J'avais dans ma panoplie très intime nombre de célébrités, dont quelques bâtisseurs justement, tel cet Attila fameux qui édifiait, sur l'emplacement d'un quartier jadis enchanteur, des pyramides de verre et un complexe de show-business sportif destiné à draguer par ici quelques Jeux Olympiques, et la bonne soupe assortie...

— Ça mériterait une correction publique, dit-elle, détournée pour prendre une dernière photo.

Symbolique? Littéral? Allusif? Hasard? Mais le hasard c'est le choix de l'Inconscient.

Elle y était. Elle y était en plein, qu'elle s'en rendît compte ou non. Je salivais abondamment.

— Qu'à cela ne tienne. Je suis à vos ordres, dis-je — au besoin à son inconscient. Je vous l'apporterai quand vous voudrez, sur un plateau.

Je ne marchais pas, je coulais, dans cet état de béatitude confuse, d'abolition, de chute sans fin pareille au rêve, d'amolissement pelvien, d'attente, d'attente, d'attente, d'attente du seul vouloir-autre, béance qu'Elle seule peut combler, Elle, la Maîtresse. Maîtresse-née, voilà ce que tu es. Et avant que d'oser l'énoncer hautement je mâchais le Nom dans ma bouche salivante, tandis que je volais avec Elle vers le périmètre sacré.

– Tiens, voilà un chien qui rapporte! s'exclama Macha d'entrée. C'est bien gros toutou t'auras un sucre, elle fit une incursion rapide dans le bar. Fais le beau dit-elle, tenant le morceau au-dessus de ma tête. Je fis le beau. Saute! Je le tentai douloureusement, en plus que je n'aime pas le sucre. Mais saute donc! dit la cruelle, mes oreilles s'emplirent de rires : tout le secteur était arrivé là, porté par la rumeur. Mais où est-elle donc? tu me l'as perdue?

– Non, elle est là, dit Elise, ayant soulevé les pans du manteau. Vilain cachottier.

– Hier tu avais plus de superbe, dit Macha. Allez, ôte-nous ça qu'on admire.

J'ôtai le manteau, et je me déployai devant la foule dans ma splendeur (j'avais bien sûr remis le pantalon décousu) et des élancements d'émoi. On visitait, on s'esbaudissait, j'étais la risée générale, j'étais au comble, je cherchai l'Ange des yeux, qu'elle vît mon courage, elle arriva avec un grand sandwich. Elle déjeunait.

– Alors c'est pour une extraction? dit Elise. On va jouer au docteur?

– Il nous faudra des instruments dit Macha, est-ce que quelqu'un a un rasoir dans le coin?

J'avoue que mes cheveux se dressèrent. Ben quoi, c'est ce que les médecins font pour l'accouchement me dit ma tortionnaire, on recoud après, ils disent que c'est rien du tout.

— Tant que c'est pas dans eux qu'on taille, dit une collègue, moi je suis défigurée de là c'est un préjudice dans le travail mais ils veulent pas le reconnaître à la Sécu, le rasoir arriva porté par la rumeur. Il dépassait tout de même mes espérances, je montai la queue basse, l'autre je veux dire.

— Et pour toi c'est quoi? dit Macha, à l'Ange, qui suivait.

— C'est... mon invitée, dis-je vivement. Elle a, a consenti à venir assister dis-je, tête basse, escomptant par mon humble attitude indiquer où je la situais dans mon église.

— Pétra, dit l'Ange, et tendit la main, que Macha prit sans manières, bonjour. Contente de vous connaître. Elle se situait dans son église à Elle. Macha, dit Macha, Elise, déclara fermement Elise et on se serra la pogne.

— Va te laver me dit Macha en haut. Sors le fric. Le double puisque tu es deux.

Je n'étais pas deux. Pas plus qu'on n'additionne une charretée de merde et un sac de diamants, Macha le savait bien sûr, elle en faisait exprès. Elle profitait. C'était son droit.

— A vos ordres... dis-je, casquant, à votre obéissance... Mais, non, je ne pus prononcer le titre qui lui revenait, qui me venait aux lèvres si ardemment toutes les autres fois — Elle présente, la vraie, la Maîtresse, l'unique, je ne pouvais pas.

— Encore un, se vengea Macha, ayant sûrement saisi. Tarif voyeur. Allez en piste, perdons pas le temps. Froc en bas. A quatre pattes. Présente-toi comme il faut. Si quelqu'un avait de l'alcool à 90° ce serait plus hygiénique, heureusement personne n'en avait.

Elle leva le rasoir. Je me couvris de sueur. Sa main s'abaissa, disparut de mon champ, si j'avais été seul j'aurais supplié qu'on n'aille pas plus loin mais devant Elle non, pas devant Elle je ne pouvais pas commencer ainsi, par une défaillance, je serrai les dents, la douleur aiguë glacée me transperça, je me permis de gémir, là tout de même j'avais le droit. Tempête de rires. Voyez-moi ce frimeur il crie pour rien, il ne sait même pas distinguer s'il a mal ou pas! Je t'ai à peine touché poule mouillée, et avec le dos de la lame!

– Mais c'était du bon montage, dit Chantal, t'es quand même une artiste.

Elle s'est jouée de moi! N'a blessé que m'a dignité, m'a couvert de ridicule, devant l'Ange. Je lui offre ma honte, ma terreur et mon dérisoire héroïsme, à Elle, la Toute-Propre – qu'elle en soit éclaboussée! Prends la tête Elise dit Macha, ho, hisse! mais crie pas comme ça on va croire qu'on tue le cochon ici. Respire par petits coups, tu sais, le sans douleur. Pousse! Mais pousse donc! Elles étaient je ne sais combien dans la chambre, à se tordre comme à la comédie, et l'Ange, assise en lotus sur le lit, bouffait son sandwich.

– Les hommes ont vraiment pas de couilles dit Chantal, heureusement que c'est pas eux qui accouchent, l'humanité aurait jamais vu le jour, d'ailleurs ça aurait peut-être mieux valu.

– C'est un garçon ou une fille? cria-t-on du couloir.

— Je ne sais pas, on ne peut pas l'avoir, est-ce que quelqu'un a des forceps?

— Je crois que tu devras aller à la Maternité, dit Elise. A l'hôpital, aux urgences, fais pas cette gueule-là tu seras pas le premier. Si tu savais ce qu'on retire de là-dedans. Une fois ils ont sorti tout un train, la locomotive et les wagons.

— La vérité, c'est que tu ne veux pas me la rendre, dit Macha. Avare.

Elle disait vrai! Dans une illumination je le compris : je l'avais métaphorisée!

— Non seulement il ne veut pas me la rendre mais il la reprend, je n'ai presque plus de prise... hop là, disparue. Elle s'est enlisée. Voleur! Une queue de chez Kermès!

— C'est un vrai snob, dit Elise.

— Qu'est-ce qu'on va faire maintenant? Lui mettre du sel? L'appeler? Petit, petit...

— Je crois pas qu'elle parle français, dit l'Ange, attendez.

Elle se mêlait! Elle participait! J'osai tourner la tête. Elle sortit de son blouson une minuscule flûte de métal, et se mit à jouer sur un mode indien. Elle la charmait!

Ah! je ne m'étais pas mépris, le génie elle l'avait, et du coup secoué de sanglots, de pleurs d'amour, de joie, de gratitude, d'émerveillement devant l'imprévu et la qualité de sa perversité, le corps entier ébranlé c'est le mot, par la musique – je suis fou de musique – par la vertu du rythme qu'elle avait su trouver, par son génie, par ma fierté de l'avoir aperçu d'un seul regard – et voilà ce que je désirais, je ne me délivrerais que dans l'extrême, je ne voulais plus de banalités – à Elle je me rendis, en longs spasmes montés de mes abîmes, mon corps devint océan, vagues, lames de fond, j'accouchais oui elles avaient dit plus vrai qu'elles ne pensaient, et je connaissais qu'accoucher est un long orgasme, je pleurais je riais je délirais, à la fin je crois je poussai un cri, mon premier cri, et je me laissai aller doucement sur le flanc, souriant délivré, le nouveau-né c'était moi! Contemplant ma jeune mère de mes yeux mouillés de reconnaissance – tu es ma jeune mère retrouvée telle qu'au jour de ma naissance.

Toi alors lui dit Macha, tu es incroyable, et moi dans mon délire je l'appelais Maman... elle hoqueta dans sa flûte, la lâcha, et les trois se roulaient sur le lit en fous rires, Toi avec tes airs de rien, lui dit Macha tu es pire que tout.

Fini pour moi. Séance terminée. Je n'avais plus qu'à ranger mes jouets. Faire mon ménage. Je suis très bien dressé, je ne laisse rien traîner. Je nettoyai avec le plus grand soin l'Objet auquel je devais tant de bonheurs et dont je pus enfin admirer la facture, le grain lisse, la surface sans couture saillante – un admirable travail de sellerie. Ayant effacé toutes mes traces, je passai mon pantalon, avec aisance cette fois. Les trois là-bas s'offraient des cigarettes, sans faire attention à moi. L'Ange ne donnait aucun signe de départ en ma compagnie. Evidemment, qu'est-ce que je croyais? Je n'avais été que sa carte de visite. Je posai sur la table le bel Objet, désormais plus mien, et, à côté, bien visiblement, quelques billets encore, témoignant que j'étais satisfait du service. Puis, lentement, je me retirai. Fis une halte nécessaire au fond du couloir. Je me demandai ce qui se passait là-bas. Sans fièvre. La peine d'exclusion m'a pourtant toujours jeté dans la langueur érotisée des longues heures vides de l'enfance, que m'arrivait-il? Une sorte de tristesse m'imprégnait.

J'avais laissé tout l'argent que je portais sur moi. Ce n'était pas matière à souci. Je n'avais à vrai dire besoin de rien. Je pouvais rentrer chez moi. Me reposer, après cette épuisante aventure. Je pouvais prendre ma voiture, m'y asseoir; la conduire, je pouvais tout faire de nouveau, j'étais libre de mes mouvements. Libre.

Libre... Je touchais la cause de ma mélancolie. Cette absence, en moi. Ce manque! La nostalgie. Telle une femme dont l'amant est parti, je me sentais vacant. In-occupé. Désoccupé. Je me mis à comprendre les femmes, du dedans : le vide, après la délivrance. Leur attachement névrotique à ce qui est sorti d'elles, et n'y rentrera plus jamais. Ce morceau de leur corps intime perdu pour toujours, qu'il leur faut perdre encore en le sevrant de leur sein; puis de caresses; et pour finir, en le rejetant. Comment supportent-elles cette castration? Elles ne la supportent pas c'est tout, et voilà la source de leur misère immémoriale. Il n'y a pas de meilleur endroit pour penser que des chiottes.

Qu'allais-je devenir à présent? Je ne supportais pas cette béance en moi. Ce manque à jouir. J'avais trouvé un nouveau vice, je ne pouvais déjà plus m'y soustraire, il me possédait, ne me lâcherait plus. Ne me lâcherait plus je le savais, je connais mon démon, et la force de ses serres plantées dans ma chair. Le pouvoir sur moi de cet appel toujours vers le pire, vers l'inacceptable. Sur l'infernal sentier il faut encore et encore descendre et ne s'arrêter jamais.

Ah! non je n'étais pas venu pour la rendre! Je n'y avais pas sincèrement songé, j'étais venu par politesse pour tout dire. Je suis extrêmement bien élevé. Trop bien. Mais bon, c'était fait, j'avais été poli. J'en avais eu ma récompense. Maintenant assez de mondanités. Du réel. Je sortis des lieux, plus propre que je n'y étais entré, et retournai d'où j'étais venu.

Je frappai-entrai, encourant délibérément le risque (le plaisir) de surprendre ce à quoi je n'avais point droit, et d'en être châtié, après tout la séance avait été un peu expédiée. Je les trouvai causant indolemment vautrées sur le lit. Dis donc, toi! fit Macha. C'était terminé. On t'avait fini, et comment!

– Punissez-moi! m'écriai-je, j'étais devant elle, à genoux, lui présentant la cause de mes regrets cueillie sur la table au passage. Je suis un effronté, j'ai essayé de vous surprendre... Elle avait une expression goguenarde, et peu fâchée. Au vrai j'avais payé assez pour prendre encore un peu de son temps. Elle le savait : elle évita de me renvoyer.

– Je vous en prie! J'irai en acheter une autre. De la même maison. Pareille... Je tremblais si fort que la mince extrémité du fouet frétillait dans ma main comme une carpe.

– Tu veux l'emporter en souvenir? dit enfin cette femme cruelle, refusant de comprendre.

— Il est vrai qu'on ne peut plus guère s'en servir après ça, dit Elise. Il faudrait la passer à l'autoclave et ça ne l'arrangerait pas.

— S'il vous plaît. Je suis un chien.

— Et les chiens ont des queues, dit Elise.

— Alors on ne peut plus s'en passer c'est ça? Je baissai la tête.

— Il faut reconnaître qu'elle lui donnait de la personnalité.

— A vrai dire, sans, il n'est rien, dit l'Ange, et je frissonnai.

— Tu voudrais le faire? lui proposa Macha, et mon cœur fit un énorme bond, je lui tendis aussitôt l'instrument du supplice, avec fol espoir. Fol, oui, qu'avais-je été rêver?

— Pourquoi il se la met pas lui-même? dit la Pire-que-tout, détachée. C'est son problème après tout. Oui, le génie, elle l'avait.

— Tu as entendu? me dit Macha, impériale. Et fais vite, on t'a assez chouchouté pour aujourd'hui, on a autre chose à faire.

Je me mis en devoir d'obéir avec autant de célérité que je pouvais, afin de leur laisser le temps de cet « autre chose » avant quoi j'étais trop tôt revenu. L'ordre de l'Ange, le savoir de son regard sur moi, armèrent mon bras contre moi-même et firent jaillir mes larmes. Jamais je ne me sentis si bas que dans ce moment, où je dus me servir seul.

— Français, encore un effort! tonna joyeusement Elise.

— Je vais te donner le coup de grâce, dit Macha. Sinon tu nous tiendras ici jusqu'à demain. Ce que tu peux manquer de souplesse, tu fais peine à voir, je me demande comment tu t'en sors dans tes partouzes, tu devrais faire du yoga. Qu'est-ce qu'on dit? demanda la brute en pourfendant mes chairs.

– Merci, oh merci! criai-je douloureusement.

– Merci qui?

Elle le fit exprès bien sûr. Elle n'avait pu ne pas noter que je ne lui avais décerné pas une fois son titre.

– Maîtresses, dis-je, au pluriel autant que mes yeux le pouvaient énoncer mais l'Ange ne me regardait pas.

Et puis elles me chassèrent. Tu ne crois pas qu'on va te tenir la main tous les jours comme un bébé, maintenant tu peux marcher tout seul. Allez, dehors. De l'air. Et rapportes-en une neuve au galop. Je sortis chancelant sous leurs rires; entamai la descente; dus m'agripper à la rampe : l'habitude était à reprendre.

Ah! elles s'en donnaient avec moi, elles en avaient pour mon argent. Et quel divin cadeau leur avais-je laissé! Il tombait sous le sens qu'à présent, tranquilles, sans hommes, elles s'en donnaient entre elles. Que l'Ange – Pétra était son nom mais pas pour moi – que l'Ange se réjouisse donc, grâce à moi, que je lui serve, que je lui sois avantageux, comme ça d'entrée de jeu. Bon départ. Je l'ai mise en de bonnes mains. Ces femmes-là savent. Je suis sûr qu'Elise et Macha sont ensemble : elles se tiennent, elles n'ont pas de mac.

Les femmes s'aiment; elles ne nous aiment pas. Dès que nous avons le dos tourné elles s'aiment.

Dans le renfoncement où je m'étais posté, je me

passai et me repassai le film qui se déroulait là-haut et dont j'étais l'inventeur. Il comportait, autour du centre éblouissant qu'était le sexe à moi inaccessible de l'Ange, d'infinies variantes, dont chacune me transportait dans un au-delà de l'extase – celui qui ne fut jamais pénétré qu'il aille pas plus avant il ne peut savoir. Je n'avais jamais songé à jalouser le concave de la femme : et l'instant où m'était révélé que je l'aurais dû était celui où je n'avais plus à l'envier... Chanceux que j'étais!

Près de poubelles, une main dans la poche, immobile, je goûtais dans la discrétion de profondes délices, qu'exaltait la pensée d'être parvenu en un seul jour à traîner la Toute Pure, et la Très Hautaine, dans le cloaque où elle darda jadis un regard de dégoût souverain.

Je me devais de « galoper » chez le sellier, remplacer mon larcin. Tandis que je n'y allais point, le doux projet me vint d'y amener l'Ange, afin qu'Elle choisisse ses armes. Ses premières! Ô joie d'initier l'innocence lorsqu'elle accompagne le pur instinct!

Elle n'y prit qu'une boîte de cirage, il est vrai de haute qualité et qu'on ne trouve que là.

Même alors que, dans un dessein tortueux, je lui eus offert un cheval, elle ne se laissa point fléchir. Récusant tout instrument pour s'assurer de l'animal, elle montait à cru, tête nue, en jean. Moi qui plus ne pouvais hélas chevaucher sans pour le moins en périr je la regardais s'élancer admirant de toutes mes fibres comme elle n'avait besoin, pour dominer, que d'elle-même.

Il est bien vrai que l'homme se fait à tout. En peu de temps, je savais conduire ma voiture sans peines ou presque, grâce à un dispositif de mon cru (Eros fouette je ne saurais mieux dire l'imagination), un peu dommageable à mon siège (on ne fait pas d'omelettes) mais assez adroit pour déjouer d'éventuelles interprétations de mon garagiste. J'appris même à tirer parti des plaies et bosses de la chaussée parisienne (dont le délabrement sans espoir m'apparut à cette occasion) pour peu que je les visse venir d'assez loin et les abordasse avec l'onction suffisante (je possède une auto d'un type réputé pour sa suspension, choix prophétique). J'acquis ainsi une conduite tout en souplesse, sans le coup de frein net sur l'obstacle qui dénote le conducteur sportif, et qui rompait radicalement avec ma manière habituelle (et à ce que l'on dit m'économisait de l'essence). A pied, j'avais pris une démarche amortie, proprement féline, contrastant avec le pas martial de jadis, qui m'ajoutait en grâce ce qu'elle me retranchait en virilité – bref j'étais un autre homme, l'habit fait le moine.

Celui-là comportait désormais pour ma sauvegarde extérieure un court manteau, fermé, ou fendu, selon mon degré d'audace du jour, et sous lequel je portais à mon gré l'historique pantalon décousu, ou non, voire une culotte de cheval détournée de ses fonctions, où mon extension s'ébattait tout à l'aise, pour ma délectation. J'avais mis au point des façons très personnelles de m'asseoir, en porte à faux, en demi-génuflexion (effet galant garanti), en je-ne-reste-qu'un-instant, qui pouvaient passer pour des préciosités à des regards étrangers. Ou pour des hémorroïdes réluctantes.

Par-dessus tout, je jouissais de la propriété nouvelle d'éveiller par ma seule présence des envies chez les quelques complices au fait de ma condition lors même que celle-ci n'était point manifeste. (Elle ne l'était plus que dans l'intimité, une fois suffit.) Il n'était pas rare, si lieux et circonstances s'y prêtaient – voire ne s'y prêtaient pas, et c'était encore plus échauffant –, qu'on me donnât à voir son émoi ou même, qu'on s'entreprît devant moi, jusqu'au niveau d'impudeur que l'environnement autorisait et très naturellement, comme un geste de bonne compagnie. Un geste fraternel – à la façon de la maîtresse de maison chinoise (d'antan) qui selon la légende (caduque) brise une seconde tasse de la collection en s'écriant : que nous sommes donc maladroits! mais à l'inverse : que nous sommes donc roués!

Savoir mon audace levait les inhibitions : face à moi, tout était permis. Je libérais...

Il n'y eut guère alors de conversations en présence de nos intimes, qui ne s'accompagnassent de discrètes chutes d'attention : pardon, vous disiez ?

— Notre monde vit dans l'imaginaire pur, je disais. On y débat entre autres si on va bombarder d'abord les métropoles, ou d'abord les objectifs militaires. Cela en l'absence de toute guerre.

— Et, enchaîne une voix innocente, ce premier ministre, ex, qui disait : ce qui est grave dans l'incident de Three Mile Island, ce sont les retombées psychologiques. Il l'a vraiment dit.

— J'ai lu aussi que l'inconvénient du nucléaire c'est surtout les migraines que ses opposants donnent aux scientifiques. Sans blague, je l'ai lu.

— Et ces fissures... rappelez-vous : ça ne va pas sauter avant trois ans disaient-ils, alors qu'on arrête de les embêter avec ça.

— Bien sûr : puisque la catastrophe est un imaginaire. En vérité, c'est une parabole du désir de mort.

— Trois ans ? mais alors, nous y sommes ! Il serait temps de...

Et cependant, cependant, la main d'Irène bouge invisiblement pour tout autre que moi dans la poche que je sais non close de l'ample robe de toile achetée au Bazar, rayon vêtements de travail : on m'a mis une fois au courant, et montré la poche sans fond, ou pour mieux dire la fente de la blouse d'orfèvre, qui nous jeta dans une perplexité ravie – car le seul usage vraisemblable en était, la main dudit orfèvre plongée dans sa profonde arrivant très exactement à la latitude propice, se branler à l'aise sous le lin, tout en examinant, tenu dans l'autre main, le délicat ouvrage qu'il vient de ciseler

65

dans le métal roi, supposé produire de tels effets, d'où de telles poches – la voilà bien la fièvre de l'or, et du même coup voici légitimée la réputation flatteuse des orfèvres, parvenue jusqu'aux salles de garde et à nos jours. Et bien sûr Irène ne porte rien sous la robe.

– ... de vivre, dit-elle.

– Comme pendant les pestes, dit une voix médiévale, nostalgique.

– Ou comme les autruches, dit une voix de gauche.

– Ça n'est pas isotopique, ce que vous énoncez là, dit une voix critique.

– Dans les pestes, on dit que les plus grands pécheurs s'en tiraient mieux que les vertueux, dis-je. Je ne regarde qu'Irène.

– N'y comptez pas trop cette fois-ci, me railla un ennemi de classe, bio-énergique, et normal (anomalie de nos jours). L'atome n'a pas de métaphysique.

– Bof. Je suis dans l'acceptation, moi. Et si nous étions les seuls à disparaître, je le comprendrais comme une divine écologie. Dieu, en ayant marre...

– Pardon, qui, nous?

– Nous les hommes.

– Ninive était peut-être une centrale atomique, dit le Nostalgique qui, n'appartenant pas non plus à notre confrérie, était benoîtement assis son verre à la main, sans soupçon de notre manège. Croyez-vous que je blague? dit-il, se méprenant sur nos sourires, ébauchés pour d'autre cause : elle...

– Si vous les hommes comme vous dites si bien,

étiez les seuls à disparaître en effet, dit, prenant mes propos pour leur signifiant quand ils n'étaient pas même un code, une dame qui écrivait je crois des romans, ce ne serait qu'un effet de boomerang, nullement divin. Mais nous-les-femmes n'avons pas encore trempé là-dedans, ne nous mettez pas dans la même patate métaphysique. Désir de mort, gardez ça pour vous c'est votre jouet.

— Vous y passerez quand même tout comme, dit une voix savante, la bombe à neutrons est au point et stockée en grands tas. Elle ne détruit que ce qui vit et laisse les bureaux intacts.

— A propos, nous avons voté contre son interdiction.

— Qui ça nous?
— La France.
— Ha ha ha.
— Inventez donc une bombe spécifique, qui ne tue que les porteurs d'Y, dit une voix mâle, à la dame (qui devait être du parti de ma fille).

— Et comment refera-t-on l'humanité? dit une voix humaniste, perdue (il en reste).

— On ne la refera pas. C'était loupé.
— On parie?

Ainsi se livraient-ils entre laïcs à leurs (à nos) joyeux exercices de prospectives. Et cependant, cependant. Nous sommes tous coupables, dit une voix militante, fatiguée. Car nous ne bougeons pas.

— Il faudrait un vrai soulèvement, dit ma complice avec un doux soupir.

— Oui, dis-je, à elle. Un soulèvement des âmes.

Et lentement, lentement. Nous ne cesserons plus

de vivre nos derniers instants, se dit-il ailleurs. Tout de même ça ne peut pas durer éternellement, se répond-il. Mais si, mais si, dit l'optimiste, et moi, par l'invisible lien du plaisir attaché à ma compagne de l'instant. Ses yeux sur moi se vaguent, ses lèvres un rien s'entrouvrent, elle va, elle décolle, au beau milieu du salon pourpre et cobalt, création de notre cher Louis B. dont je surprends là-bas le regard (lui il sait) devant le feu de bûches véritables elle...

– Je crois que nous avons envie de mourir, dis-je, voix mourante. Le mouvement de l'humanité maintenant c'est une asymptote à la mort, et je sens de mon fondement monter la joie du plaisir de l'autre, plus intense toujours que le mien, je la suis, je...

– Pardon, vous disiez?

– Une asymptote à la mort. Elle jouit. Au beau milieu du salon, sang et saphir, nous jouissons, et je vois Louis qui voit. Parfois c'est un inconnu, que son savoir-voir révèle, qui trace dans l'assemblée des cercles de plus en plus serrés dont il nous fait le centre et je lis son expression d'affamé. Des signes s'échangent, des lignes de force s'organisent. Bientôt les laïcs s'en iront, rejetés sur la touche, hors du champ, là où on ne joue pas. Et nous, nous nous dévoilerons.

Il me plaisait d'être un tel objet, qui, d'être seulement posé là, attisait les feux au-dedans, et ouvrait au-dehors les frontières. Objet porteur. Je porte l'instrument de communication, un filin, un câble sous-marin, un tentacule, une métastase, une tête chercheuse si on me permet cette inversion, de plaisir. Et je me prenais à songer : si le monde était tout entier ainsi, peuplé d'êtres qui se troublent constamment l'un l'autre et ne se le cachent point! Sublime vision de convivialité. Et j'avais ouvert le feu, moi, moi le secret, le caché – il est vrai que c'était le feu souterrain, couvant, celé –, j'avais donné le coup d'envoi, pris la tête si je puis redonder la métaphore, de cette mouvance d'autre-à-autre, je m'étais mouillé (délicieusement) pour inviter la montée des eaux, jusqu'ici dormantes, retenues, encloses. Une joie creusait en moi sa place, m'innovait.

Nous n'étions encore qu'une petite fraternité – mais préfigurante, qui sait, d'une humanité où les flux incoupés couleraient comme fleuves, nous inondant d'un perpétuel délire-désir.

J'entrepris un texte, qui promettait d'être de mes plus activants. Bien qu'aventureux pour mon éditeur en notre époque tartuffiée où qui censure en public est aussi, je suis placé pour le savoir, qui en privé se permet.

J'exaltais dans mon petit placet les bienfaits éthiques de la pénétration permanente, envisagée comme source et racine d'une révolution intérieure.

J'écrivais couché sur le ventre, et ainsi je dormais.

Malaure entra dans ma chambre. Elle rejeta le léger plaid qui me tenait au chaud. Elle s'intromit ce qui me dépassait, et me couvrit, en douceur, sans mot dire, longtemps. Je me demandai si elle ne commençait pas à m'aimer, finalement. Elle y revint. Y prit goût, semblait-il. En fit son privilège, en quelque sorte conjugal : elle m'avait sous la main. Je me mis à l'attendre. Quand elle n'était pas là, je la fantasmais.

Je goûtais de chaque événement des plaisirs que mes imaginations pourtant orgiaques n'avaient pas encore su rêver, et tels que je tenais pour contingences les maux qu'il m'arrivait, fréquemment, d'éprouver. Bien sûr que j'allais en mourir. J'en étais si certain que je me figurais déjà la façon particulière dont il faudrait accommoder mon cercueil.

Je me trouvais le mieux dans l'agenouillement. Et comme cette attitude est celle de la prière j'y étais tout naturellement conduit. C'est ainsi que je revins à l'église, par les voies tortueuses de la Providence. Je crois Dieu doué d'humour, du moins lorsque Sa créature le presse par trop.

Du prie-Dieu où je m'abîmais, je jetais des regards vers le confessionnal : certains jours, on y délivrait le sacrement.

Enviais-je les cœurs simples qui venaient ici déposer des fardeaux dont aucun sans doute n'égalait le mien, et sortaient de la boîte magique légers comme des oiseaux? « Va en paix, mon fils » : le voulais-je pour moi?

Je n'étais pas certain de désirer d'être sur ce pied-là avec Dieu. Notre affrontement se situait dans des zones plus abyssales – ou plus himalayennes, je confonds toujours le bas et le haut, mon âme ne fait pas la distinction. Notre réconciliation, si elle advenait jamais, ne se ferait pas à si petit prix. Que diable – que Dieu, j'étais un grand pécheur, moi, un pécheur gigantesque! Je péchais la journée entière, sans une minute de creux, qui dit mieux? Je vous lance un sacré défi Seigneur, voyons si Vous allez le relever.

– Et si je t'abandonnais? Te laissais choir une bonne fois, en ayant marre à la fin des grands airs que tu te donnes et de tes prétendus défis et de ton théâtre et toutes tes insanités?

Non, vous ne pouvez pas me faire ça, s'il Vous plaît, ayez pitié, Seigneur Vous connaissez ma misère! Ne me laissez pas!

Tu sais que Tu ne peux pas me laisser, nous avons besoin l'Un de l'autre. Si tu m'abandonnes, ce serait dire que je ne crois plus en Toi.

Mais je ne puis m'empêcher de croire. Et plus bas je tombe, plus ma tête se lève vers Toi.

Toi qui m'as fait, explique-moi à moi-même, si Tu le peux!

Je sortais de l'église non en paix. Cette denrée n'était pas pour moi. Je m'éloignais de Sa maison de ma démarche néo-féline et dans un grand état d'acheminement vers l'inconnu.

Je ne vécus jamais pareille ascèse.

Et puis me dis-je, une autre fois, en louchant vers le confessionnal, cela ne servirait de rien puisque je n'ai pas le ferme propos – ô combien non – sans parler de la contrition où je ne suis nullement sûr d'accéder au moment voulu, et de quoi aurais-je l'air s'il me fallait avouer, et il le faudrait, que, Mon Père, je suis en train de pécher dans le moment que je vous parle – car la situation ne manquerait pas de m'embraser, tel que je suis fait. Je risquais plutôt par mon abominable récit d'exposer mon confesseur à de mauvaises pensées et – oh mon Dieu, pourquoi as-Tu permis que cette idée me vienne, une fois conçue elle ne me quittera plus et si je le fais je suis perdu, hélas il est déjà trop tard je suis debout, je marche. Je l'ai fait.

Il me refusa l'absolution, et je n'avais pas qualité pour lui donner la mienne. En cas. Ne rien savoir des suites de mon crime était une épice de plus, je suis vraiment perdu. Le suis-je? Oh, mon Dieu, éclairez-moi! Non, n'éclaire pas, on jouit mieux dans l'obscurité.

Je n'eus jamais de si jolis rêves, de si frais, de si pimpants, que dans cette époque de ma vie où j'eusse dû racler les bas-fonds de mon inconscient. Ce je ne sais comme le qualifier, ce bouffon, ce voyou – ce pervers – m'envoyait en surface des bouquets, des fantasmagories, des coloriages dignes de mes six ans. Rétro avec ça. Je vis un manège de chevaux de bois, beaux chevaux blancs somptueusement harnachés, avec pompons, de la sorte qui monte et qui descend, chevauchés par des bambins vêtus à la manière du début du siècle et montrant cet air de ravissement niais qu'on leur faisait dans les illustrés du temps. Nous jouâmes à colin-maillard en habits Louis XV comme dans les pires estampes, et batifolâmes sur une prairie émaillée de fleurs je n'invente rien. Je remportais avec fierté un concours de châteaux de sable et Maman me prit dans ses bras. J'assistai à un feu d'artifice, avec foule en liesse comme je déteste. Une salle pleine de parents m'applaudissait dans la Marche turque, que je ne supporte pas. J'étais amoureux de ma cousine. Je voyais voler des angelots joufflus, de tons pastel, rouler des charrettes multicolores pleines d'enfants et je ne suis pas certain de n'avoir aperçu une fée, je me promenais par des sentiers fleuris moi qui abomine la campagne, le facteur me tendait une lettre parfumée que je humais avec délices moi qui suis allergique aux odeurs non corporelles, les oiseaux s'égosillaient il faisait beau, c'était l'horreur – du moins selon mes évaluations diurnes. En nocturne, j'étais ravi dans mes chromos.

Je rêvais comme une femme comblée.

Le serais-je donc? Aurais-je découvert ce qui manque à l'homme et que son activisme de devant faut le lui procurer? Fallait-il voir dans ses trépidations la source de l'angoisse essentielle? Et dans son envers la racine de la sérénité, propre aux femmes justement?

Devrais-je appliquer, suggérer pardon, à mes allongés (je refuse de me plier au terme à présent de mode, par lequel on prétendrait les relever d'une passivité que j'estime intrinsèque) le traitement qui m'allait si bien, la cravache deviendrait-elle le parangon universel? et pourquoi ne pas l'administrer tout autant à nos modernes amazones qui n'atterrissent pas moins que le reste sur les divans?

Allons, du calme, ne généralisons point trop hâtivement. On ne peut pas foutre tout en l'air parce que je rêve la Pastorale, moi qui me repais d'Alban Berg.

Je regardais l'instant du sommeil tel un qui souffre de cauchemars, et me livrais à des exercices propitiatoires de type yaqui, afin de pénétrer dans mes rêves à main armée pour y corriger mes intolérables fautes de goût, et rétablir mon Inconscient dans ligne juste.

Mais, rien à faire. Je mangeais des gâteaux aux prunes, reniflais des roses, jouait à saute-moutons, bissais la Marche turque.

Comme il se doit j'échouai à percer le sens des messages d'en bas, on ne vaut rien pour soi-même. Devrais-je consulter? Mais le divan, comme m'y allongerais-je? Couché sur le ventre, si ma tête est du côté de mon analyste je le verrai, si ce sont mes pieds il ne m'entendra pas.

Ferdinand Kuntz-Lopez arriva sur un plateau, porté par deux hommes, et fut déposé à Ses pieds, sur une table basse de Chine authentique. Il portait un petit ensemble de soie rose, camisole, culotte aux genoux, qui seyait à son ridicule naturel, généralement escamoté sous les vêtements de ville qui nous font tous ni plus ni moins. Il frétillait, tremblait, bavait d'excitation : à la vue de cette jeune divinité, si neuve, si différente, dont j'étais l'inventeur, il m'avait décoché le clin d'œil du connaisseur satisfait et reconnaissant.

Le bâtisseur de pyramides se tourna sur le ventre, et baissa son petit caleçon, exposant deux fesses livides et flasques. De quoi je ne pus me tenir de faire voir les miennes dans leur entier, avec restes de bronzage au soleil amazonique, et c'était la première fois que je les offrais à des regards alliés et en nombre dans leur état ornemental, qui fit un effet extatique considérable d'admiration, et à moi une grande fierté. Tout se passait dans un complet silence, qui ne laissait filtrer que des souffles. J'inspirais.

La soirée était dévolue à Ferdinand, mais j'en étais si j'ose dire, le clou – de surcroît étant le montreur de l'Ange, à sa première sortie dans le monde : fraîcheur très appréciée dans notre petit milieu où l'on tourne un peu toujours avec les mêmes têtes, ou c'est plutôt à dire avec les mêmes culs. Encore que l'Ange ne montrât point le sien, étant restée intégralement vêtue, jean, blouson, et de cuir bottée.

Il lui fut donné à choisir entre les accessoires de la tragédie : fouets divers, à clous et non, lanières martinets chaînes broches bambous épines gants de métal tissé dru et cetera, c'était une maison organisée.

Elle tourna le dos à toute cette mécanique, et à Ferdinand. Me vit, le bas à nu. Désigna mon ajout, et dit : ça. Avec ça.

Le bâtisseur s'agita, se trémoussa. Il était floué. Il voulait d'elle, en mains propres. Je connais ça. Il n'aurait pas, je la connais. Non. Mais je la prophétise : il n'est que de songer au pire. Il n'y pouvait rien, la misère était ici le summum, il devait accepter l'ordre une fois tombé d'en haut.

Les soupirs s'étaient suspendus. Elle nous mettait tous les deux dans le bain, et s'en lavait les mains.

J'approchai ma victime, ne sachant trop comment j'allais l'exécuter : en dépit de mes progrès constants je ne suis pas encore danseuse du ventre. Il faudrait bien pourtant que je m'y mette, le sort était jeté, jamais on ne recule. Je me plaçai de mon mieux, et commençai l'ouvrage. Je ne donnai guère d'abord que de la caresse, et j'en souffrais quelque honte, malgré les circonstances atténuantes et la grandeur de l'idée. Ferdinand Kuntz-Lopez gémissait cependant. Plus! Plus! suppliait-il, rendu fou de douleur par l'absence. Ainsi attelés l'un à l'autre, nous étions un sommet de bouffonnerie, et, tandis que je me prenais à la mienne, gagnant en force et en souplesse à mesure que les coups que je portais me taraudaient le dedans d'une plus irritante volupté, j'ouïs des sons sourds, soutenant le rythme, qui semblaient provenir des profondeurs d'une jungle, devenant de plus en plus proches et auxquels bientôt se joignirent des ahanements nous accompagnant en mesure à la manière d'une compagnie de bûcherons. Lors, entrant comme en un délire mystique, je pris une cadence très au-delà de mes moyens ordinaires, une cadence infernale – soudain je comprends les derviches : je le suis devenu! un miracle a lieu, j'accélère encore et encore impossiblement à mesure que les battements se font plus rapides, j'entrevois des peaux moites, des cuisses mouvantes, des sexes jaillis hors de leurs fourreaux de cuir et maniés à haut régime, dont notre couple est de près cerné et parfois arrosé, avec des souffles rauques et des gestes intenses. Je ne suis pas ici je me sais transporté, reporté, rapporté, rendu dans mon lieu primitif, parmi ma horde livrée à la violence originelle. Ce fut comme une folie, une fulgurance, qui passa, nous traversa, une tornade, furieuse et brève, terrible. Ce sont les moments que je préfère au monde, qui élèvent aux nues, sans durer. Les rares, en notre temps d'indigence spirituelle, qui évoquent pour moi la Communion des Saints.

L'œil du cyclone était Pétra. Assise en scribe dans une bergère d'époque, ses bottes cirées sur l'Aubusson, le regard au-dessus de la mêlée, aux lèvres un sourire d'énigme, elle battait les drums.

Cette nuit, que ma mémoire nommera la Nuit transfigurante (en secret hommage à mon cher Arnold), qui me transmua en un moi de moi inconnu, irrévélé, non encore soupçonné et pourtant Dieu sait si je suis fouille-merde d'ailleurs c'est mon métier – un moi sauvage; et d'où s'éclairèrent certaines discordances de mes conduites telles me retrouver sur du Terrain moi que l'exubérance végétale écœure sans parler des serpents et insectes venimeux ou pire et cela, sous le prétexte de me pluridiscipliner et de toucher des faits quand je sais qu'ils n'apportent rien, que la seule pensée peut pourvoir à tout, la vérité à l'instant surgie est que c'est le sauvage tapi dans mon inconscient que je vais si loin chercher, en spectateur inhibé alors que je peux l'acter ici, au prix il est vrai assez de souffrance pour autoriser son irruption, nous trouva, cette nuit, en son final, tous parés à ma ressemblance, et en farandole – à la queue leu leu si vous me permettez celle-là, je te tiens, tu me tiens, par la barbichette si vous me permettez cette autre, sous la houlette cinglante du Turc de Ferdinand, et Kavel excessif comme toujours arbore un martinet qui lui fait comme un palmier planté entre deux collines. Nous avions (Elle nous avait) inventé un rite. Tournant ainsi que des chevaux de cirque, sautant comme des démons sous les fourches soufrées, avec scandements de « Han! » selon le rite dikr retrouvé, aux déchaînements des tam-tams. De la danse. Un bal! Et le palmier de Kavel qui balançait son feuillage au vent chaud du désert. Et l'Ange qui riait. Ce marathon je gagnai évidemment : j'avais de la pratique, et puis, je possédais la clé de ce que nous faisions, moi, et le désir moteur de donner à voir à l'Ange, à l'Instigatrice, en surpassant mes imitateurs. On m'enfonça une couronne sur la tête, d'épines. Ma récompense, sous laquelle je ne fis pas un cri.

Avais-je fait école? Je me voyais me répandre comme un feu de brousse, une épidémie, ou dirais-je une mutation : après tant de millions d'années, finalement la Sélection Naturelle a estimé que la mise au rancart de la caudalité avait été une erreur.

En étais-je content? ou bien, le regrettais-je? Eussé-je préféré de rester l'Unique? me demandai-je, par surprise affronté au grand miroir où sur le coup je ne me reconnus pas, une seconde je m'étais pris ma parole pour un Autre. L'apparition, polo noir et le reste nu où s'érigeait ma seconde nature, le chef blasphématoire y compris quelques filets de sang sur le front, avait quelque chose de si extrême, symbolique, mythique, résurgent, tombé d'un Ailleurs d'un Jadis et d'un Autrement, en disjonction totale et d'une telle évidence que je me frappai moi-même d'effroi sacré. Certes unique j'étais, car porteur de sens-contresens, et si je me présentais tel quel à la Porte où laisser toute espérance je serais pour sûr à l'instant reçu. Mais je sais que ce n'est pas la peine d'aller si loin.

Tout au fond du miroir, je vis l'Ange. Pas dépouillée d'un fil, seule vêtue dans ce carnage, elle se dressait là-bas près du hall. J'y accourus. Elle partait.

— Je suis prêt immédiatement!

Elle me survola et partit à rire. Oui oui, j'ai de quoi, si on veut le prendre de ce côté.

— Pas la peine. Eziz me ramène. Amusez-vous, dit-elle, joviale.

— Je ne m'amuse pas sans vous. Ni non plus avec vous, dis-je, souhaitant donner gage de mon quoi qu'elle en ait sérieux... Maîtresse, osai-je murmurer. Maîtresse... j'étais tombé à ses pieds tant aimés. Ainsi je ne vous ai pas satisfaite... Non que j'espérasse d'elle un châtiment, mais il n'est pas nécessaire d'espérer dit Guillaume et même si vous ne croyez pas dit Blaise abêtissez-vous, et peut-être le Dieu à la fin descendra.

— Faut dire, comme correction publique c'était plutôt frimé, dit-elle, de son haut.

Oui. Bien sûr. Je savais. Cela devait m'arriver. Avec celle-là ça ne se passerait pas comme ça, et brutalement toute l'affaire m'apparut par ses yeux, le palmier de Kavel se balança dans ma mémoire désenchantée, le serpentin de Ferdinand le plumeau de Eref et la fourche d'Amin : du spectacle. Non je n'allais pas l'avoir avec ça, je pouvais rengainer mes fleurets mouchetés. Il faudrait plonger pour de bon. Je frissonnai. La peur, la vraie — laquelle était-ce donc, qui fût pire que mon ordinaire ? me passa au travers du ventre et encore une fois, encore une fois — l'indicible ébranlement le spasme divin et tant pis, tu auras ce que tu voudras de moi et ma vie même si tu la demandes seulement, oui Pétra : toi tu es la rigueur, la vérité. Tu me rends ma place. Pardon, Maîtresse. Je réparerai ma faute, je me rachèterai, j'irai plus loin, où vous voudrez. Ordonnez. Maîtresse. Dites ce que vous voulez, je suis à vous.

– Pour l'instant je veux seulement savoir qui c'est le bouffi là-bas qui caquette, avec un plumeau dans le cul, et je lui dis le nom, qui n'était pas des moindres : il jaillit de ma bouche qui venait de déclarer ma défaite et en même temps je sentis mes cuisses mouillées, en totale incontinence.

– Il devrait aussi pondre, dit-elle.
– Très bien, Maîtresse. Il pondra.

La Mercedes blanche glissa sans bruit jusque devant le porche. Alors, tandis que je léchais la cire amère de ses bottes, elle me fit une grâce inattendue : elle posa son pied sur ma tête couronnée et le pressa très fort contre les épines. Dieu soit loué! Les larmes jaillirent de mes yeux, de joie je pense. Le chauffeur ouvrit souriant la porte arrière de l'auto. Elle ouvrit celle de devant et s'assit souriante sur le siège du passager. Comment avait-elle déniché Eziz? Appris son nom? Il avait fallu qu'elle s'adresse à Ferdinand – lui parle – lui fasse savoir qu'elle désirait repartir sans moi – qu'elle publie ma répudiation – qu'elle me trahisse! si je puis m'exprimer de la sorte et bien sûr je ne le puis pas mais j'en ai envie. J'enrage. Il la veut pour lui c'est évident, il veut me la prendre, il fera tout, elle l'a frustré, il est ferré, j'ai vu son œil délavé collé à elle toute la nuit, il fera tout et il a les moyens, auprès desquels les miens sont à peu près ses pourboires – ah je vais avoir des rivaux! le renard de la jalousie me mord le cœur. Que ne l'ai-je gardée pour moi, que ne l'ai-je cachée, au lieu de l'apporter à tous ces chacals affamés de chair fraîche! Ah mais je voulais montrer mon trésor exhiber ma découverte, et voilà où mène la tentation de gloriole, ah, vanité! Ainsi allais-je dans ma dérélicton, écartelé entre le bonheur qu'elle venait de me dispenser et les angoisses qu'elle allait me causer, tentant de me rassembler, de retrouver l'instant précieux. Nu dans l'air fraîchissant du parc. Nous étions dans la maison campagnarde de Ferdinand, ancien prieuré, chef-d'œuvre de réhabilitation conséquente et raffinée – sans même les excès d'historicisme qui souvent accompagnent chez les experts ces sortes de folie. Il savait donc.

Je regrettai l'absence de Malaure, qui raffole des vieilles pierres. Mais Malaure était quelque part entre Cyclades et Cythère, sous le soleil, avec son amie Maude, et complice. Le diable sait ce qui devait se passer sur ce bateau : elles ont la vertu de s'exalter l'une l'autre, ensemble elles sont pareilles à des enfants qui jouent avec le feu, proprement le feu des enfers dont elles n'ont aucune peur. Je ne vais pas oublier cette autre nuit qui fut appelée « des chasseresses », où, vêtues pour leur part d'épaisses fourrures, elles nous ordonnèrent de courir nus sur la neige, dans un parc comme celui-ci. Nous dûmes traverser des taillis épineux, ramper sur le verglas, tituber sur l'étang gelé dont la glace par endroits craquait, je me crus dans la Neuvième Bolge. Elles avaient imaginé d'être des bêtes, prenant leur revanche sur les hommes. Je suis bien d'accord que l'humanité est devenue de la dangereuse vermine, et aussi que nos Maîtresses ont tous les droits, mais la philosophie dans le champ de neige au lieu des collines d'oliviers trouve vite ses limites et mon âme même gela cette nuit-là, tandis que, prises à leur jeu, une férocité véritable allumait leurs visages et animait leurs bras armés de fouets d'écurie, puis bientôt de fusils de chasse décrochés des râteliers et dont elles nous menaçaient allégrement. Des coups de feu claquèrent, trouant la nuit, affolants, que je crus d'abord tirés en l'air mais je sentis un choc à la cuisse gauche, j'entendais autour des cris de douleur, elles avaient perdu le contrôle. Elles nous tiraient comme des lapins. Je voyais mes compagnons fuir livides sur la grande pelouse blanche et s'effondrer, c'était la guerre... Ma main ayant touché ma cuisse sentit un liquide poisseux, je tombai, totalement désespéré, je me mis à hurler comme un loup dans le silence qui s'était étendu sur la plaine glacée jonchée de morts. En fin de compte nous nous relevâmes tous. Seul Maxime dut être soutenu jusqu'à la maison, où nous nous vîmes égratignés de ronces et bleus de froid, quelques-uns saignaient de leurs éraflures de guerre, et nous comptions un éclopé par entorse. Nous nous pansâmes mutuellement, et huit petits plombs furent extraits des fesses de Maxime, heureusement notre troupeau comprenait deux docteurs, munis de trousses. Et encore on n'a pas visé on a tiré n'importe où dit Malaure, ce que vous pouvez être maladroits, la prochaine ce sera la chasse à courre, dit Maude. Sans armes. Mais avec hallali, dit Malaure. L'esclave maître de maison (et de beaucoup d'autres choses) rétabli dans ses fonctions fit servir un punch si fort

83

que nous nous effondrâmes sur place, ivres morts, avec des cauchemars de pneumonie mortelle. Personne ne prit, d'ailleurs, le moindre rhume, et nous gardons tous de cette atroce fête un souvenir ébloui, la mémoire est alchimiste.

L'hallali eut lieu, avec une participation nombreuse attirée par les récits extasiés de la nuit des chasseresses. Il débuta à l'aube, dans cette mollesse vide qui accompagne les choses dont on attend merveille, et ne fut qu'un long tissu d'ennui jusqu'au couchant, où, tout en tas, harassés, boueux, à bout de souffle n'en pouvant plus de courir devant les chevaux, d'entendre les chiens après nous, nous atteignîmes quand même, cernés par la meute hurlante aux réactions après tout imprévisibles, à un certain degré de terreur avant que soit sonnée, tardive, notre délivrance, et levée la crainte qu'on n'aille jusqu'à lancer les bêtes contre nous.

Je ne suis plus allé à une chasse depuis.

Garderaient-ils leurs ornements, mes compagnons d'un soir ? C'est qu'il faut quand même du cœur en plus de l'abjection qui nous est commune; et peut-être un mobile secret, moins bien partagé – c'est que, ce n'est pas une rigolade, pensais-je, voyant Kavel se diriger vers sa voiture d'un pas sûr, diagnostic d'un probable déracinement du palmier. La fête se débandait, nombre de vêtements étaient déjà endossés, ne laissant rien à deviner, je ne savais pas si j'étais unique. Il faudrait observer les manières dans la vie séculière. Attrayant sujet d'enquête. On aurait par la suite des signes, sans doute, de reconnaissance. Des anneaux dans le nez? les oreilles sont déjà prises, et les ceintures, et les chevilles, au vrai tout est occupé, il ne reste plus sur nos corps d'emplacements libres pour signaler une perversion neuve. C'est dire combien nous avons avancé dans l'affranchissement depuis la reine Victoria. C'est l'aube. Et les adieux fatigués, les moteurs qui tournent, les phares qui balaient la terrasse, la dispersion hâtive, la fin d'un rêve.

Et c'est là, une fois bien carré dans mon auto avec les précautions d'usage devenus pure routine, que, portant la main à ma tête et y rencontrant les griffes de la couronne, que je n'avais pas ôtée (je n'ôte rien paraît-il), l'Instant Précieux me revint envahir : elle m'aimait! tel fut l'énoncé extravagant sous lequel le souvenir brutal fondit sur moi. Bien sûr ne recouvrant aucune réalité de ce monde et surtout du Sien et cela peu importe, son pied n'en était pas moins, en passant dans le monde mien, devenu acte d'amour. Assis dans ma solitude je pressai mes paumes sur les épines, les appesantis, jusqu'à entrer profondément dans ma chair la torturante peine d'aimer.

Je démarrai le dernier, et mieux valait si je ne voulais ralentir la circulation et embouteiller l'allée forestière bosselée par les racines des grands arbres, où je devais rouler avec componction. Mes mains saignaient. En manœuvrant je vis encore la silhouette maigrichonne de Ferdinand, revêtu d'une robe afghane (qui ne laissait rien à voir), seul sous son admirable porche roman – la plus belle résidence réhabilitée de l'Ile-de-France, pour le bâtisseur de la Grande Chiotte, comme l'habitude s'est prise d'énoncer un de ses ouvrages les plus impudents, mais que lui chaut l'énonciation?

Kuntz-Lopez a aussi à son passif quelques boîtes à peuple en banlieue – un peuple qui doit revendiquer chaud sur le salaire pour payer les honorables loyers dans les clapiers de Ferdinand; lequel avec les pour cent s'offre des esclaves véritables, au XXe siècle. De jeunes et solides garçons d'importation, gérontophores et servants, servants de servant, qu'il paie sans doute au-dessous du barème car il les prend au noir. Oui, Pétra, oui. Certes mon cul ne sait guère distinguer sa droite de sa gauche mais ma tête a mieux le sens de l'orientation : ce bonhomme mérite les verges que tu lui promets et je serai ton homme lige, l'exécuteur de tes basses œuvres, avec en plus la fierté du justicier, pour une fois. Ah, tu rends un sens à ma vie!

Une fois sur l'autoroute je fonçai comme un dément, dans le rêve tout à fait gratuit de voir devant moi la Mercedes blanche où Elle riait à côté du chauffeur. Ou pis, je veux dire mieux – Eziz est un morceau superbe, et splendidement normal en dehors des heures de service, comme il en est dans ces peuples dits sous-développés, qui ne le sont pas de tout. Ce travailleur travaillé par la faim sexuelle n'allait pas manquer une occasion de cette qualité, et Pétra est tout de même une femme, d'ailleurs serait-elle partie seule avec lui... Je la voyais saisie, l'auto garée sur une de ces petites routes de forêt connues sûrement d'Eziz, bousculée, investie, se rendant à la fin et d'avance consentante... Mais d'Eziz je n'étais pas jaloux, je dirais au contraire :

qu'elle jouisse bon Dieu qu'elle s'en mette jusque-là du mâle, qu'elle s'en empiffre comme des tartines de caviar qu'elle dévorait là-bas de si bon cœur, qu'elle se débonde, qu'elle soit clouée à la terre de plaisir et crie jusqu'au ciel étoilé, non, rosé d'aube – bon. Fantasmes. Je ne voyage jamais sans.

Et comme il advient lorsque, le volant en mains, me saisit cette sorte-là de délire, j'étais en coquetterie avec la mort.

« Ils ne se cachent même plus », tel était le titre de l'articulet paru dans une feuille d'extrême droite. « Un professeur gauchiste – de ceux qui ont mission de former notre jeunesse – s'exhibe à un cocktail littéraire dans un attirail complet de pervers », il n'est pas très au fait d'un attirail complet commenta Gilles-Henri qui me donnait lecture. « Personne ne pipe, et la police n'intervient pas. La perversion est devenue le tout-venant quotidien, dans ce pays où le laxisme, dont l'exemple vient de haut... », là il a raison, bla bla bla bla, la bouillie habituelle, passons, je saute à la conclusion : « et bientôt c'est nous autres, les pauvres normaux, qu'on montrera du doigt », quel optimisme. Le tout-venant quotidien tu te rends compte ? On avance, mon vieux. Non, sérieusement, c'est un thermomètre ce canard...

– Fais voir. Je tendais une main nerveuse.

Il n'y avait pas de photo. Ma vie reprit son cours.

— On n'a plus qu'à faire une manif, dit Gilles-Henri. C'est mûr.

— J'en étais sûr!

— Eh, c'est ta faute. Tu fais des provocs, ne viens pas t'étonner après... Faut dire, c'était assez gonflé ton apparition. Même pour un Mardi Gras.

Un Mardi Gras. O Dieu, tu m'as fait ça! Tourner en carnaval mes rêves d'héroïsme! ou peut-être, m'épargner les effets de ma folie? Allez savoir, avec Toi! Eh bien quoi qu'il en soit, merci. Car si outrepassant la raison et le calendrier je m'en suis allé en ce lieu entre tous exhiber mon ignominie, c'est parce qu'Elle y serait, et qu'Elle devait m'y voir; que ma vue serait le levain de ses démons celés, et que je serais son accoucheur. Je n'étais pas en folie j'étais en mission, mon chemin jusqu'à Elle était tracé et il me fallait un Mardi Gras le prendre. Veille des Cendres après tout. Entrée en Carême. Annonce de la Passion? O Seigneur, où me mènes-Tu...

— Je ne faisais pas de provoc. J'obéissais. Tu sais bien qu'on ne peut rien refuser, quand Elle ordonne.

— Ou « Il », précisa Gilles-Henri qui n'omettait jamais de préciser (hachant ses textes de barres éprouvantes pour ses lecteurs), il était très pointilleux sur l'emploi des pronoms et toutes sortes de petits signifiants qu'il estimait porteurs d'oppression. Moi pas. Au reste quelle oppression? Et quand bien même, l'idéomanie ne vaut pas de gâter un style.

— Eh bien maintenant, tu n'as plus qu'à assumer. A la manif!
— Tout de suite tous les deux?
— Bientôt ensemble tout le monde.
— Avec tous des queues?
— Avec des attirails complets, évidemment.
— En ce cas je propose la Mi-Carême.
— Ça dénaturerait le message.
— Mets-le sur une banderole.
— « Nous sommes tous des pervers sexuels », il y a un bouquin comme ça.
— Bon, vous allez en prendre plein la gueule.
— Comment ça, « vous allez »? Tu es en tête.
— Je trouve qu'il faut plutôt me mettre au bout. (Devrai-je aussi arborer ma couronne?)
— OK, avec une lanterne, accrochée.
— Je te préviens quand même que pour la Longue Marche je ne suis pas très apte.
— On fera ça de la Sorbonne au Collège de France, ça ira? Les maso à gauche, les sado à droite.
— Es-tu sûr que ton symbole est correct? L'Inconscient, pour ce que je sais, n'est pas marxiste.
— Il n'aurait rien appris, depuis le temps? Il faut le mettre au parfum. On devrait écrire une Histoire de l'Inconscient au fait, personne n'y a pensé? je vais le faire. A l'occasion de son centenaire... Je vois que l'idée ne te plaît pas, passons. On met les homo-maso devant, en tant que les plus opprimés (inutile de discuter là-dessus il est buté).
— Oui, comme ça ils prendront toutes les châtaignes.
— Les sado seront au S. O.

– Non voyons, c'est idiot, les maso au service d'ordre.

– Alors, les maso-hétéro.

– Pourquoi? Les flics sont des mâles, jusqu'à présent. Et les femmes, au fait, où tu les mets?

– Les femmes... c'est vrai, il y a les femmes. Ça fait du monde. Et elles y ont droit, après tout, elles souffrent aussi. Les homo en tout cas.

– Alors nous mettons les femmes homo-maso devant?

– Ah non, tout de même. Une femme maso c'est moins anormal qu'un mec. Même homo.

– C'est l'évidence même. Alors ça donne, as-tu un papier? hommes homo-maso, femmes homo-maso – ou hommes hétéro-maso? Qu'est-ce qui fait le plus d'oppression, maso, ou homo? Il faudrait un ordinateur. De toute façon, les femmes hétéro-maso à la fin, je suppose. Puis viennent les sado, à droite et également formés en quatre pelotons selon leur anatomie et le type des objets sexuels, la question étant qui entoure qui en allant par ordre décroissant d'oppression.

– C'est compliqué, ta topologie.

– Eh, cousin, je suis ta logique.

Personne ne veut connaître du malheur d'à côté, on ne veut savoir que du même. Le malheur c'est grand, ça ne laisse la place pour rien. L'empire du malheur. Le malheur-autre porte ombrage, il gêne, il fait concurrence, chaque malheur se veut le seul et occuper tout le terrain, les malheurs se font la guerre d'extermination. La souffrance de A insulte la souffrance de B car elle aspire à rogner de son territoire, B doit lui dénier l'existence. La souffrance de A menace la souffrance de B qui menace la souffrance de C qui menace la souffrance de A, et voilà pourquoi votre militance est muette.

Parfois je me demande, qui pense mes pensées ? Elles ne sont plus miennes, m'ont échappé. Me sortent de je ne sais où comme une éruption de variole. Tout contrôle aboli – aurais-je ma parole avalé un dibbouk ? Et quelle voie tortueuse alors il a prise, et quelle forme étrange pour m'habiter : le serpent ! Satan-Kundalini-Quetzalcoatl...

Et, constamment présent tout au fond de ce temple noir et sacrilège, le rictus de l'Ange. Ma perturbation.

En fait de manif, nous eûmes le défilé des Jeunes Au Secours de la Civilisation. Les JASC. De ce genre de choses étaient advenues, durant mon absence. Les JASC réclamaient le droit de porter des armes (fallait-il les mettre dans notre cortège, au titre du droit à tous les désirs ? insinua mon dibbouk). Des armes, contre les terroristes. Lesquels se trouvaient bien plutôt quand on voulait y regarder de près dans le camp des « secouristes » même, du reste ne sont-ils pas toujours et par essence de ce côté-là? O confusion. Mais peu importe, ils avaient le mot ça suffit. Le monde est pur signifiant.

Je faisais Sa vaisselle. Je grattais Son réchaud. Je décrottais l'évier, curais le four, étrillais les casseroles. Je raclais le fond des placards. Je frictionnais les vitres. Je lustrais le carrelage, polissais le plancher, houssais les meubles. Je vidais Ses poubelles, portais Son linge sale, charriais les provisions. Préparais le petit déjeuner – j'appris que la synchronisation d'un petit déjeuner est une prouesse d'organisation qu'on devrait confier à des ordinateurs. Comment les femmes ne se sont-elles pas poussées dans l'engineering au lieu de flétrir leurs cerveaux dans le fond des offices ? Il est vrai, qui le ferait ? Il n'y a pas assez d'esclaves. En tant que tel, j'apprenais peu à peu, par la méthode des essais et erreurs, et sauvegardé du désespoir par le bonheur d'être son nourricier, et le constructeur de sa chair. Il faut dire qu'elle était bien soutenue : j'oubliais le sucre (quatre étages, et pendant ce temps-là le chocolat refroidissait, les toasts séchaient, tout était à reprendre) mais le caviar ne manquait jamais. Je portais le plateau sans verser une goutte dans la petite salle contiguë – je n'avais pas le droit d'aller au-delà – et, replié dans ma cuisine, je me servais le fond de la casserole. J'avais pris le goût du cacao, ayant fini par mettre au point, après des expériences nombreuses avec dégustation et grand gâchis de cacao hollandais supérieur, un breuvage exquis, appelé à me devenir si j'en avais le temps une solide petite madeleine. Au reste je ne prenais rien d'autre. Je sirotais seul dans mon coin, en façon de communion lointaine, ignorée. Communion solitaire, qui dit pis? A petites lampées. Assis sur le tabouret de bois blanc vieille manière, de ceux qui ont un trou en leur milieu, aux fins (je suppose) d'être saisis, mais qui allaient miraculeusement aux miennes. (J'en pris un du même type, mais antique, dans mon bureau, et pus dès lors m'asseoir pour écrire.) Revêtu du mignon tablier à festons coquettement noué derrière, porté sans autre, dans lequel je me trouvais irrésistible avec l'espoir qu'elle m'y vît et n'y point résistât, ce qu'elle fit : elle prit une photo.

Des voix, parfois, des rires, me parvenaient, d'à côté, ou de la chambre : elle avait une vie – ô, pénétrer dans ce sanctuaire, la servir des pieds à la tête!... mais je n'avais point statut de femme de chambre, état dans lequel, pourtant, je m'étais dans le passé fort qualifié. J'étais une bonne du XIXe siècle, confinée à la cuisine, que j'avais trouvée dans un état considérable de déchéance auquel je fus invité à porter remède de fond en comble, et quotidiennement : affrontant le matin des piles d'assiettes qui témoignaient des agapes de la veille; pourvoyant aux agapes du soir, apparemment elle tenait table ouverte – et bonne table, je m'en honore; pourvoyant à tout, et elle ne dit mot consent. Mais point ne consentit, malgré mes prières, à me faire serveur à ses dîners; ni à ses goûters : il y avait des goûters aussi, des thés pour deux, et il arriva qu'on me montrât, sans que je pusse voir à qui – piment et effroi de ce mystère comme si j'eusse revêtu la cagoule. « Retournez-vous. » Clic, entendais-je parfois, une exclamation étouffée, un rire discret. « Servez le thé, et des toasts. »

Service, avais-je dit. Vous nettoyez tout ça, répondait-elle. Tranquille. Celle-là ne jouait pas.

Je n'y connaissais rien. Ce n'était pas ma partie. Je n'avais jamais eu à le faire, je veux dire pour de vrai – sans le miroir-Autre. Enfance entourée de femmes qui prirent le relais de ma Mère si tôt disparue (au Ciel, selon leur symbolique abusive, je ne sus que plus tard quel « ciel ») et accompagnèrent encore de leur vigilance ma courte vie célibataire, me déléguant leurs bonnes et veillant en personne à ce que je ne reçusse pas mes malades dans la sanie, s'exprimaient-elles. Mes tantes, les sœurs de mon père et ses vivants contraires, métaphorisaient tache et péché. Il est vrai, j'ai été un enfant fort malpropre. J'avais mes raisons. Des résultats de cette éducation lessivielle on aura pu juger. Si ces impolluées me voyaient aujourd'hui briquer la tomette, et dans quel appareil, et pour quels motifs, elles avaleraient une bouteille d'eau de Javel.

Il fallut tout apprendre, et dans la solitude. Point de leçons. Point de punitions, non plus. Ni de surveillance. Ni d'injures. Je les implorais, me traînais sur le sol immaculé.

– Non mais, qui est au service de qui ? A genoux sur son passage je suppliais qu'on m'octroie le statut de femme de chambre.

— Tirez-vous de mon chemin, dit-elle, joignant le pied à la parole, et moi : merci ! sans reculer, en espérant d'autres. Le pied, c'est ce que j'avais, un pied purement technique, sans complicité. Sans miroir. Je fus fait baby-sitter lorsqu'elle sortait avec une jeune mère de ses amies, j'eus pour torture les cris de l'enfant : je crois que ma figure lui faisait peur. Je ne saurais lui donner tort.

La fatigue me dota peu à peu de cet air d'hébétude qui m'apparentait aux travailleurs parmi lesquels je me voyais dans la rue le matin, chargé de sacs de victuailles. Mes mains prirent la teinte rougeaude qui signe les basses besognes et cela, je le supportais mal. Je ne savais comment j'assumerais de me montrer en cette condition devant mes étudiants.

— Tu sens le graillon, nota, fronçant le nez, qu'elle a de belle envergure et subtil en proportion, Malaure, l'un des rares jours où rentrant du turbin je la trouvai au logis, elle s'apprêtait d'ailleurs à en sortir et se faisait un thé.

Je lui livrai sans détour l'origine de mon parfum, qui la laissa pensive. Je flairais sur quoi : elle-même n'aurait pas eu cette idée en son temps, et était en train de le regretter.

— C'est quand même énorme, l'Histoire, dit-elle, abruptement. Il me fallut des secondes pour retracer son itinéraire : ainsi elle n'avait pas regretté, mais analysé le changement des temps. J'ai parfois l'impression que Malaure est plus intelligente que moi, sa pensée vole à la conclusion d'un trait, tandis que la mienne doit procéder au pas, d'une proposition à l'autre.

– C'est parce que je suis une femme, répondit-elle à mon silence, éloquent. Les femmes sont forcément plus intelligentes que les hommes aujourd'hui, dit-elle, comme si ce fût : la somme des angles d'un triangle est égale à deux droits, et j'eus un petit mouvement interne de révolte, à mon avis elle n'avait nul besoin de se soutenir par amazones interposées, elle se suffisait à elle-même. L'Histoire, tu comprends ? Quelle cohérence, c'est fascinant... Tu devrais porter des gants de caoutchouc pour travailler dit-elle, je cachai trop tard mes pauvres mains crevassées. Ou bien, c'est défendu ? – Rien n'est défendu... La poitrine me fit mal au rappelé de la négligence où j'étais là-bas laissé. Et rien n'est permis... Les larmes dont j'étais gros jaillirent de mes yeux, je m'effondrai sanglotant, contre elle – mais elle ne me reçut pas, se déroba, je tombai sur mes genoux, elle riait, la terre me manquait – la Mère me manquait. Une nouvelle fois. Et la douleur, dont je ne voulais point connaître tant l'extase sa sœur lui était toujours proche me poignit jusqu'à la racine. Je me tordis sur le sol, haletant, la sueur au front.

– Au fond tu n'aimes pas souffrir, dit-elle. Je la regardai. D'en bas, de très bas. Revêtue d'une gaieté neuve et si semblable aux premiers jours, et d'une robe de mousseline d'argent, cruellement lunaire, dont les plis innombrables ne cachaient pourtant pas l'ombre pubienne, jamais prisonnière. La face maquillée de pâleur où brillait le noir de ses yeux de khôl sertis et le blanc sauvage de ses dents éclatantes de rire paillard.

– Tu es trop tentant, dit-elle, passant sur mes arrières, relevant ma veste, couvrant mon visage de sa robe, et tout habillé elle me sodomisa en levrette sur le carrelage, sans douceur comme un palefrenier sa jument, et jouissant à grands cris. Voilà qui va me mettre en train dit-elle et, vivement rajustée sortit, du seuil de l'office jetant :
– Demain je congédie la bonne.
Je demeurai sur les froides dalles. Me demandant si j'allais désormais passer ma vie érotique dans des cuisines. Couché sur le flanc, les membres repliés. Fœtus orphelin. Ecartelé entre une excitation indurée comme un panaris entre verge et cul et qui ne voulait ni se délivrer ni se résorber, et une angoisse mortelle : n'était-ce pas là l'ultime jouissance-dolence à jamais inapaisée de l'instant prodigieux où rendre à Dieu dans une dédication dernière l'âme sans limites dont il a doué mon corps inapte à contenir le germe du divin ? J'agonisais dans l'extase – ah, que ce moment d'éternité soit le dernier ! Prenez-moi Seigneur, dans l'orgasme inconclu !
Cette grâce me fut refusée.

Pourtant, parfois. Parfois. Imprévisiblement. Elle acceptait. Elle venait. Elle s'asseyait dans l'auto. Derrière. Je conduisais avec la casquette bien qu'elle s'en foutît mais pas moi, dans tant d'incomplétude j'avais besoin des accessoires, ça me faisait une sécurité. Elle s'asseyait dans l'auto et nous partions vers une de ces nuits, encore innomée.

On m'en redemandait de l'Ange. En dépit de la parcimonie de ses interventions, ou à cause. Cela tenait à son être, non à ses faits. Sa présence seule modifiait la teneur de l'air, en je ne sais quel gaz rare, redoutable. Elle instaurait une menace. La soudaineté du désir – au sens où je l'entends : d'anéantissement – qu'elle plantait dans mes pareils telle une lame, me suffoquait toujours, j'en étais fier comme un pou, logé dans la chevelure d'une reine. Que j'étais. Elle était reconnue, certaine, évidente. Imperturbable. Absolue. L'Ange, bref, l'Ange, oui, exterminateur, et on se ruait aussitôt dans l'extermination, c'était Cortès. Qu'Elle paraisse, et nos jeux étaient frappés de théâtralité. Elle actionnait une mécanique, un petit levier caché, et la scène basculait, l'ordre rituel s'effritait, nous étions jetés dans l'insécurité, les pistes non tracées, la perdition, nos masques salvateurs arrachés découvrant dessous – le vide ? Menace de toujours pressentie, appelée : qu'on en finisse ! Elle réveillait la vieille et sombre envie, héritée avec la vie. Oui, Pétra. Tu éveilles le Désir de Mort. Elle, bien sûr, elle riait, quand je lui sortais des choses pareilles, ça l'amusait.

Parfois, imprévisiblement, Elle venait.

Une étrange familiarité nous liait : faite de non-toucher, de non-regard, de non-réponse, de cet excès de non à la fin, devant lesquels mon amour ne cédait pas, par lesquels il n'était pas d'un atome entamé. Ainsi nous allions, Elle absente, moi présent, ensemble.

Elle accepta – en temps voulu je formulais l'invite, elle ne donnait pas de réponse, je l'attendais devant son immeuble au moment fixé, elle descendait, ou pas – elle accepta de me mener en laisse pour mon entrée chez P., nu, et orné. Glorieux. Ostentatoire. Plato Tzottos, pour ne pas le nommer mais au point où j'en suis, recevait tout en haut d'une tour, sur son toit. Toit spécial, climatisé, avec dôme fait d'une matière transparente depuis le dedans, d'où on voyait toute la ville; mais non depuis le dehors, où n'était perçue qu'une voûte opaline, avec impression excluante de fête. Ce toit était le comble de l'insolence, tout comme Plato lui-même, qui portait haut son état de voleur quasi légal, en tout cas impuni. Un débutant se voyait là-haut exposé à toute une cité, au pilori, et ne trouvait nulle part où se cacher. L'habitué devait faire effort pour se souvenir qu'il n'en était rien. Je faisais évidemment la démarche inverse, tentant à me persuader que tout le monde me voyait. Ostentatoire j'allais, sur quatre pattes, l'arrière-train haut levé, devant l'Ange, de sempiternel coutil revêtue (elle n'avait jamais porté l'ensemble de fin chevreau noir, par moi offert) de la tête aux bottes. Et je remuais la queue. J'avais appris. Je le faisais très bien. J'étais en parade. Heureux. On me faisait un succès. Cela ne manquait jamais, lorsque j'étais avec l'Ange. Fréquemment vers Elle je tournais la tête, langue pendante. Mais elle n'en ferait rien pas la peine d'espérer,

(au souper on me mettrait sous la table où je

ferais merveille pour toutes autres s'y prêtant, et lorsqu'il le faudrait hélas, pour tous autres puisqu'ici il y avait de tout. Pourvu que ce fût du gratin : Plato ne recevait qu'au-dessus d'une certaine position, dont la sienne pouvait tirer avantage. Un rien pensif, j'observais [on voit bien d'en bas] le découpage socio-géographique de notre confrérie, son expansion dans les hautes sphères, sa mouvance : si dans ma génération se rencontraient nombre d'esclaves de femmes, il semblait que celles d'à présent grouillaient de maîtres d'hommes. Faudrait-il sauter à conclure que les puissants, hier encore honteux, ressentaient le besoin de compenser, et aujourd'hui auto-absous par leur permanence et la sécurité qu'ils avaient instituée, n'étaient plus que d'une pièce, maîtres dehors et dedans ? Et moi, dessous – dont les mâles ne furent jamais l'affaire –, je serais embarqué à mon dam dans ce sens de l'Histoire très particulier : mode, ou signe ? et n'en pourrais mais, étant ici pour me soumettre. Tandis qu'au-dessus de leurs ceintures dénouées, dans un tintement d'argent et de cristal, ils et Elles deviseraient plaisamment du camp de concentration « pour jouer », et payant, avec barbelés miradors baraquements interrogatoires à l'aube blême and the like sauf je crois chambres à gaz, enfin pas encore, qui fonctionnait au Sud de Londres à bureaux fermés, entre hommes. Et dont je ne savais que penser. Je ne savais quoi en penser. Je ne savais pas. Je ne pouvais décider, si nous étions inscrits, eux là-bas, et nous ici, dans un même champ historique, une chaîne causale, une conséquence. Ou en disjonction, en dérapport ou dérapage, différence de plan, ou d'essence. Si mon goût du jeu avait à faire avec ce jeu-là, mon goût du malheur avec ce malheur-là – et je ne le croyais pas! Je n'y arrivais pas. Pourtant j'en apercevais certains en cette époque qui glissaient comme naturellement sur l'air du temps, un beau jour on les croisait vêtus de cuir noir, mais moi, de ce qui s'avançait derrière ça j'avais peur, peur froide qui n'était pas de même nature que celle, intime, où je m'offrais en sacrifice... Pas au même Dieu, quel Dieu? J'entendrais au-dessus de moi la grande gueule de Kavel, là-haut servant à table : lui, il n'y mettrait pas les pieds dans ce camp, il ne tolérerait pas cette parodie... Un son sourd et son silence subit m'informeraient qu'il avait été remis en place. Je brûlerais de le soutenir mais je serais empêché d'ouvrir mon bec, et de mes vaticinations ma langue s'étant faite trop machinale je serais rappelé à l'ordre d'un coup de genou, les chiens ne philosophent pas. De l'autre rive de la table un pied s'amuserait de ma tige et ne devrais-je pas cent fois jouir? Mais non : d'Elle ne me viendrait rien, d'Elle je ne materais que deux longs fuseaux bleus intouchables et je pleurerais dans mon obscurité comme un enfant privé de dessert),

j'allais devant Elle, tirant sur ma laisse juste assez pour la sentir, les regards étaient sur moi : le vrai chien, enfin accompli! et de façon imprévue mon sperme sourdit, traçant sur le marbre noir le dessin de ma joie. Brève joie, Henriette ayant banalement exprimé qu'il fallait m'en punir, l'Ange s'empressa de lui refiler ma laisse et s'esbigna, morfale toujours, vers le buffet. Où elle ne tarda pas à être rejointe par d'autres. D'autres! C'était chaque fois pareil. Jamais elle ne manquait de me laisser choir dès le début, s'en allant porter la dévastation ailleurs, au plus haut si possible. Je me demandai si ce soir elle se ferait Plato. Un gros morceau. Il n'était pas de notre confrérie, ni d'aucune, sinon en son affection, ou affectation, de tout ce qui passait les bornes du permis. Il était impérialiste de perversions, il les voulait toutes chez lui et mélangées de préférence, quelle faute de goût, et sans limites. On avait à un moment parlé d'une morte dans son environ. Et puis on n'en parla plus. Pour l'heure c'est sa femme qui se trouvait au plus près de Pétra. A ses pieds. Elle lui léchait les bottes, appliquée à cet excès dans la soumission que je ne reconnaissais que trop, et qui m'émeut tout particulièrement chez les femmes très belles. Edwine est très belle. J'attendais le retour du pied sur la figure, en accord avec les manières de Pétra.

Il ne venait pas, je pouvais encore rêver qu'il était mon privilège, Pétra regardait Edwine de là-haut, sans rictus. Je ne lui avais encore jamais vu cette expression de presque tristesse, il est vrai qu'avec moi... Edwine, de résultat si nul à la fin alarmée, leva la tête pour voir, je ne sais ce qu'elle vit, j'étais trop loin pour le détail, on me tirait vers un éventuel supplice, elle se releva. Se tint un beau moment devant Pétra qui n'avait pas bougé, et j'entendis les mots qui ne se dirent pas et que je ne saurais non plus dire moi qui professe qu'il n'est de pensée que langage, eh bien c'est du joli. L'expression d'Edwine ne me surprit pas – rêveuse? elle semblait l'héroïne de l'Age d'Or lorsqu'elle se détourna, et s'éloigna, vers quelque balcon sur la mer. Elle ne l'atteignit jamais : car survint le propriétaire (c'est à dessein que je ne dis pas Maître), ramena de force vers l'Ange l'esclave fugitive (selon lui), la lui jeta à peu près, comme un chrétien au lion. En espérance de cirque. Or Edwine, la très soumise, lui résista. Se battit. Plato gifla, insulta, réclama les chaînes, s'obstinant à offrir son bien, avec accompagnement persuasif en jargon de film z, alors l'Ange – on ne me tirait plus, tout le monde s'était mis au spectacle – qui tenait un canapé mayonnaise, le lui plaqua sur la figure.

– Dites donc, vous! apostropha-t-il, grossier – oh que cela ne se fait pas! J'en avais des chatouillements dans les nervures – dites donc, il ne faudrait pas me confondre avec votre chien!

– Je ne ferais sûrement pas ça à mon chien, dit-elle et plaf, second canapé, plaf troisième, ça y est elle s'amusait elle tenait son créneau, Edwine s'y mit, prenant à poignées dans les compotiers l'aïoli, le fromage blanc aux herbes, et le caviar bien sûr, Plato essayait de manier les chaînes mais assaisonné qu'il était n'y voyant rien attrapait n'importe quoi, je ne sais comment la mêlée devint générale, ni entre qui et qui, dans une confusion de sauces et je le crains, de rôles, c'était Spartacus, chez Drouant. Ça, une partouze? grommelait le pdg de je ne dirai quoi, ensafrané – Elle avait perverti la perversion. J'y étais aussi je l'avoue, à quatre pattes dans le poivron mariné, veillant sur l'Ange qui n'en avait aucun besoin et profitant de ma condition animale pour mordiller des mollets nus. Les trois jeunes gens qui (juste descendus du ferry?) s'étant présumés à leur place ici – ne l'étaient-ils pas, ne l'étaient-ils pas? – se présentèrent avec hauteur en uniforme SS, furent servis en shrimp-cocktail qui ruina leurs beaux habits et leur autorité, plus rien ne tenait c'était l'inversion. Et, – nouveau miracle de l'Ange, – il nous fut donné à voir au sortir du gâchis Plato enchaîné magistralement par une Edwine plus belle encore qu'avant, et tenant un fouet! Edwine! Ce serait donc la Nuit du Retournement. Voilà ce que c'est de se déclarer Maître sans en avoir l'essence, l'usurpation a des pieds d'argile. La perversité ne s'achète pas c'est un don, je bichais, subitement épris de justice. Et le visage de douceur, les yeux d'eau de la Maîtresse nouvelle-née, les ailes à peine défroissées, s'ouvrant à un univers à l'instant renversé, dans son ingénuité encore et déjà si entièrement suzeraine, étaient si émouvants que n'eussé-je été tant pris ailleurs je l'eusse sitôt aimée, et même, d'ailleurs, je tentai de m'offrir aux deux ensemble puisqu'à ce moment elles l'étaient. Mais je ne fus pas remarqué.

Rentré au gîte, seul. Où ne se trouvait personne. Récuré, attendant Malaure, qui ne rentra pas. Assoiffé de lui dire – toujours je lui disais. Jamais ne me suis fait à la solitude. Pourtant, un peu heureux. J'avais eu. Non au lieu où je vais chercher : guère de souffrances, à peine quelques coups, dus au hasard plus qu'au système – mais d'un lieu autre, non cherché, non voulu, non attendu. Lieu rare. Quelque chose d'Esprit, quelque chose d'Amour. Avait passé sur moi quelque chose, dont je n'avais pas accoutumé de jouir.

Le matin au petit déjeuner, Edwine. Elle m'ordonnerait : Sous la table! Vite je m'y glisserais. Je m'enfouirais dans la blancheur de ses cuisses, pour l'éternité. Derrière moi celles inaccessibles de l'Ange, protégées de toile blanche – mais rien ne la protégerait du visage offert, en face d'elle, qui tout révélerait. Toute petite dirait Edwine, j'avais des rêveries de martyre, poussées, avec extases, je partais sans même me toucher je ne savais pas, je croyais que c'était l'état de grâce... Et, ne l'était-ce pas? Rires légers, bruits de tasses reposées, de pain croqué. Etirements. Elle se déploierait. Et moi j'accompagnerais ses moindres mouvements intérieurs. Subtil, doux, onctueux, voletant rapide, ralenti, insistant, je suis le génie du lieu. Lieu le plus admirable de la Création, lieu du plaisir voulu par Dieu. Mon autel. Je prie. Elle dirait : j'aurai des servants autant que j'en veux. J'aurai tout ce que je veux. Même l'argent : ce forban a cru malin de mettre un tas de choses à mon nom, il était si sûr... Je le dépouillerai. J'ai une grande maison sur la mer, plein de collines autour, des cigales. Des rossignols. C'est-à-dire elle est à toi aussi... L'odeur du tabac s'effluve jusqu'à moi, mêlée aux autres ivresses. Long silence là-haut. Admirable silence marin. Invisibles sourires. Elles se regardent. Je serais part de leur connivence, je serais pont, lien de chair, ancrage. Les douces cuisses s'entrouvriraient à moi, et moi, par elles, par le plaisir affleurant au visage l'inondant, émergeant là-haut comme la vague sur la mer, je la toucherais, Elle, l'intouchable.

Fantasmes.

Comme je marchais vers Sa maison, les bras chargés de victuailles comme il se doit, je vis venir du fond de la rue une grosse moto noire, luisante de vernis et de chromes. Presque lente, presque silencieuse. Elle glissa, en parfait équilibre entre les cuisses de ses deux cavalières. Passa, elles passèrent sans accorder regard au misérable courbé sous le faix qui croisait leur route; allant où elles n'étaient plus; se retournant vers leur splendeur casquée; Edwine, derrière, en cuir blanc. Ressentant tout à coup le poids des sacs. De la fatigue. Des ans. De la mort. La machine rugit et s'envola au bout de la rue. Assomption. Qu'elles étaient jeunes! Qu'elles étaient loin de lui, à l'autre bout de la Terre, au commencement du monde. Sans peur. Là où il ne s'était jamais tenu lui : la tête haute, sur un coursier de métal. Il n'a jamais été jeune, lui il a toujours eu peur.

On l'a laissé trop seul dans le noir quand il était petit. Sa maman bien sûr, qui d'autre. Son papa de toute façon vieux con de moraliste hypocritement curé et ça il a passé au fils génétique, fait dans l'ennui conjugal un soir unique de la semaine où il est rentré à la maison pour dîner, se disant : il faut que je la tronche tout de même c'est ma femme, il faut que j'exerce mon droit – son devoir, ou bien elle finirait par se douter que je suis rélactant au coït. Sauf avec les putains. Parce que, les putains, c'est pas pareil, c'est pas la même chose c'est à nous. C'est notre petit dépotoir privé, on y dégorge le trop-plein de saloperies et là c'est comme tombé dans un puits sans fond, avec l'argent l'argent, l'argent, du ménage. Il le lui a bouffé au bordel son argent, d'ailleurs la richesse de ces jeunes filles peu de choses au fond un déjeuner de soleil, trois ou quatre immeubles une villa à Honfleur avec parc, de l'argenterie quelques diams le trousseau, elles en font une montagne de leur bien, ça se bouffe en un rien de temps, lui il en a rentré bien plus depuis avec sa charcuterie. Chirurgien ils disent. Ça gagne, ça. Et du net d'impôts pour une bonne part. Spécialiste des raccords de boyaux. Tripier. Il trouvait drôle d'en parler à table : enfance bercée de dépècements. Je voulais toujours lui poser la question : et quand vous ouvrez est-ce qu'il y a de la merde dedans et qu'est-ce que vous en faites? Vous récurez? Vous y passez le jet? Et où vous la mettez? Ça me travaillait. Je me filmais le lever du rideau et hop, c'est là. Noir, et qu'est-ce qu'on en fait? Je n'ai jamais osé lui demander. Je n'osais rien de toute façon.

Il ne m'aimait pas. Il me trouvait mou, veule, il aurait voulu un fils d'acier, un beau petit chef, et voilà ce qu'il avait. Il ne comprenait pas; n'imaginait pas une seconde de quelles extrémités j'étais capable, d'ailleurs il n'imaginait rien. Autour de mes dix ans j'eus le fantasme que mon père m'enculait. Il me rentrait dedans par-derrière bien à fond, et nous jouissions ensemble en beuglant. Quand il me reprochait ma mollesse je le regardais l'imageant en train de m'enculer, dans la salle à manger Empire, debout, toute sa grosse bite dans mon cul si tendre et donné, lui appartenant, sa barbe caressant ma nuque et ses cris de joie me cornant aux oreilles, ma mère entrait et voyait ça, ne disait rien, c'était son droit naturel puisqu'il m'avait fait de disposer de moi, la bonne entrait voyait ça et il était le maître il faisait ce qu'il voulait chez lui, il m'est arrivé de mouiller mon pantalon en face de lui, tandis qu'il me dit : qu'est-ce que tu as à me regarder comme ça, abruti ? Je retiens mon rire. Je ne le désire pas, il me répugne, sa forme, sa figure, sa voix, tout me déplaît et surtout d'en être issu. Mais je rêve qu'il m'encule – je ne saurais bien sûr user ici le mot sodomiser, ce n'est pas le niveau. Je crois, il me semble, c'est parce qu'il est la Loi. Ce n'est pas lui. C'est la loi poussée à son extrême, je ne le désire pas, je veux que la loi sévisse dans sa rigueur, c'est la loi que je désire, parce qu'elle est.

Ce fut mon unique fantasme homosexuel. Sans lendemains.

Au fait, ce n'est pas homosexuel. C'est patrisexuel. Et, est-ce même sexuel ? C'est le ravissement par la toute-puissance, l'amour de l'inéluctable. Le désir en place de la fuite impossible. L'érotisme du double-bind : acculé = enculé ? ma façon de révolte : la pure acceptation, et voilà pourquoi votre fils est muet planté là dans la rue vide. Vide d'Elle, les bras crampés de mon chargement plus lourd d'être inutile, le corps aussi à porter, inutile, mon centre de gravité descendu jusqu'aux abysses et ne parlons pas du cœur je vous prie j'ai trop honte, mon Dieu j'ai mal. Toujours, quand je ne jouis pas. Je vais monter. Décharger mon ballot, me débâter. Faire mon devoir, sans témoin hormis mon inexorable sur-moi. Peut-être me branlerai-je dans l'évier comme au fond d'un puits.

La clé n'était pas dans la cache.
Elle m'a oublié. Pas même averti, et pourquoi le ferait-elle, qui suis-je moi. Je me retrouve à l'air avec un chagrin d'amour. Ah! la voilà, la souffrance, la vraie. Hors cela tout est jeu littéraire. Oui, en pleine réalité me voilà jeté. Moi qui l'abhorre, qui me nourris de verbe... Là, à l'improviste, rue Saint-Paul : la réalité. De tout son poids. Je traîne ma carcasse et mes deux sacs de plastique, un petit vieux expulsé de son galetas qui s'en va à l'hospice avec ses maigres hardes, je vais pleurer. Je pleure et laisse couler mes larmes. En pleine rue. Un petit vieux expulsé ça se laisse aller, oh que j'ai mal. Où es-tu? Jusqu'à quand? Ah! le temps où Elle me laissait venir chaque jour. Hier... Je ne connaissais pas mon bonheur alors – quel langage, mais en est-il d'autre pour cet état disgracié? Regagner ma voiture – mon havre. M'effondrer dans la déréliction. Le seul refuge d'un homme dans la ville : son auto. Je ne sais plus où je l'ai mise. Péniblement j'avance, un pied devant l'autre, tout à coup je suis pris dans

une foule. Ils arrivent de partout, jeunes des deux sexes et moins jeunes, s'agglomèrent comme gnous migrateurs, ils marchent, grondent, le fleuve grossit, me prend, me roule comme un caillou – oui, l'attentat de cette nuit, encore un. A quelques pas d'ici. Ce n'est pas une manif organisée, elle sort du pavé, sans service d'ordre, sans solgans encore articulés, des rafales de cris, elle se forme, très vite – trop vite pour mes pauvres moyens, je suis débordé, ballotté, sans résistance et pourquoi résister, pourquoi pas après tout être là, noyer mon mal dans un autre mal, plus, plus je ne sais pas quoi, plus épidémique, mes larmes dans un océan de larmes, de toute façon il y a toujours de quoi pleurer, je marche avec le monde, porté, presque engourdi, presque oublieux de moi, et voici qu'à un croisement surgissent, à la fois de droite et de gauche, deux hordes casquées, armées de barres, et se mettent à taper dans le tas. Les JASC, et je me fige d'horreur. La peur, c'est eux, la vraie, aujourd'hui je suis assailli par la réalité. Confirmatoire, un coup dans le dos me fait lâcher mes sacs, une bouteille, millésimée bien sûr, se brise au sol, de lourdes bottes écrabouillent tout ensemble le saumon fumé les mangues et les fruits de la passion oh mon Dieu. Eh bien puisque la profanation est à l'œuvre qu'elle aille jusqu'au bout. Qu'ils me réduisent en bouillie, qu'ils écrasent ma douleur avec moi, et que Son Nom soit béni.

Mais, quel Nom? Mon crâne éclate et dans l'intense clarté du choc je ne vois que des faces opaques marquées d'un sérieux mortel. En pleine mêlée, des barres et des chaînes agitées tout autour, le bel instant pour la révélation : aucune félicité pas le moindre délice, nulle béatitude ne descend en moi, ni mon esprit vers aucun Dieu ne s'élève, tout ce qu'ils peuvent me donner c'est mal à la tête. Ma douleur, la véritable, est toujours là, tapie bien au fond, fidèle à son essence. Non, nous n'appartenons pas au même. Vous tenez de la haine et moi, je tiens de l'amour. De l'amour seul je peux recevoir le sacrement de souffrance, le péché et le rachat. Sur ma figure tuméfiée un sourire tente de naître et la chaleur de mon front me ferait bien croire à une auréole, tandis que, je ne sais comment relevé, je me surprends, à résister, quasiment à me battre. Moi! C'est comme un ravissement, quelques secondes, un ralenti de rêve. Conclu par ma rapide défaite. A peine debout je suis renvoyé au tapis. Je manque quand même d'entraînement.

Nous l'emportâmes je crois. La police intervint alors, aux fins d'empêcher le cortège de se reformer, et de ramasser ce qui traînait. Allais-je faire partie du lot? Je me vis embarqué à l'hôpital. Dévêtu. Examiné... Non. Impossible. Je rassemblai mes dernières forces, et tout ce que je pus de désinvolture pour épousseter mes vêtements, non non ça va je suis tombé c'est tout, je me remis en marche en évitant de boiter, et me réinsérai dans la catégorie désormais historique du passant innocent. Comment me retrouvai-je là je ne sais. L'auto oubliée, et toute quotidienneté : je me dirigeais vers la rue Saint-Denis.

Refaisant l'itinéraire de mon bonheur perdu, mes pas dans mes pas. Une petite madeleine sous chaque pavé. Ici, j'ai laissé mon offrande, les pluies l'ont effacée. Là Son pied adorable m'est allé dans la figure, là nous jouâmes devant un public ingénu un classique pour initiés. Là, Elle m'a donné signe. Là, là, Elle a consenti!

— Tu n'en as pas encore assez pris? dit Macha, voyant mon état, qu'est-ce que tu veux donc encore?

— De l'amour.

— Ça tombe bien, j'en vends.

Je fus en retard pour mon premier rendez-vous de la journée. Aussi le dernier du reste, et cela ne m'était encore jamais arrivé. Ça n'arrive pas. On n'est pas en retard. Circonstances ou pas circonstances. On ne l'est pas et voilà. Ou bien ça met tout en question. Nous n'avons pas droit aux actes manqués nous autres. Et que penser d'un thérapeute tuméfié, le pantalon poussiéreux – je n'avais bien entendu pas pris le temps d'en changer, au train où je vais; tout juste celui de me passer de l'eau sur la figure et d'avaler une aspirine, je souffrais d'une atroce migraine – visiblement à peine extrait d'une vie personnelle, ô sacrilège. Je fus mauvais. Comment être mauvais dans l'immobilité et le quasi-silence, eh bien on le peut certes; je le sentis. Et il le sut. On ne poursuit pas une telle relation sans acquérir une façon de télépathie.

Tenant les billets qu'il venait de me remettre, la parenté me frappa de son geste et du mien, l'instant d'avant, chez Macha. Je me demandai s'il reviendrait. Eh bien, tant pis. Ou devrais-je dire tant mieux? J'assume à peine ceux qui me restent. Je refuse les nouveaux venus, j'ai mis les hebdomadaires à la quinzaine, les narcissistes à la porte, j'ai déclaré finies les cures interminables, ça fera le plus grand bien à mes accro d'aller ronronner ailleurs. Quant à gagner ma vie point de souci de ce côté, c'est plutôt de la perdre qu'il est question, la ruine n'aura sans doute pas le temps de me rattraper et puis qu'importe. Je n'en peux plus, je n'ai pas un instant. Service de l'Ange, service de Malaure – et cet immense appartement prend des heures, ah c'est là qu'on mesure le prix du standing –, courses en ville à titre de chauffeur, baby-sitting, extras chez Edwine. Et les nuits! bénies soient-elles. Mais je ne tiens plus le coup. Ne parlons pas de la vie qu'on appelle normale : il faut tout de même se montrer, paraît-il. Ni de mon livre, qui n'avance pas vite, j'aimerais pourtant qu'il soit fini avant moi. Je sens bien que je faiblis. Le soir je tombe, le matin je me relève à peine, je défaille dix fois le jour, mes forces me quittent. Le mal voluptueux qui va m'emporter me ronge, mon corps révolté ne tardera plus à me lâcher et je connaîtrai la paix enfin, ô Seigneur. J'écouterai une fois encore les Sept Dernières Paroles du Christ de mon cher Messiaen, et Vous me reprendrez.

Les indices propagés par la rumeur formèrent peu à peu certitude : j'avais fait école. Ce n'est pas à prétendre qu'on ne mît rien là avant moi, Dieu sait – ainsi que certains services hospitaliers, où l'on s'est avisé d'employer des sages-femmes au lieu de bistouris – tout ce qu'on y a mis et depuis des temps immémoriaux, le catalogue des objets du culte ayant suivi comme il se doit l'avancée des techniques depuis l'artisanat, verreries, fruits et légumes, à la sophistication des vibros et gods à pile, disponibles aujourd'hui dans les sex-shops. La locomotive et ses wagons comme dit Elise. Mais entre mettre et garder, c'est déjà la nuance, et encore faut-il la plantation convenable, pour prendre un exemple contemporain on ne peut pas couper des avant-bras – encore qu'on y viendra peut-être, comme les choses vont. Et entre jouer tout seul sous le manteau comme il est, vraisemblablement, plus fréquent qu'on ne croit, et donner à voir, là est carrément le saut. Que j'avais accompli. Un peu sous la poussée des circonstances j'en conviens, et un Mardi Gras mais il n'empêche. J'étais une Première. Et voilà que j'étais suivi, comme on dit d'un candidat à la Présidence. Sans doute cela m'ôtait de mon pittoresque mais missionnaire comme je suis dans l'âme, la joie de répandre l'idée l'emportait sur le regret de n'être plus unique : du moins, nous serions plusieurs à en crever.

On parlait de nous. Nous étions passés dans les mœurs. Portés au registre officieux des nouveaux gadgets du sexe. En promotion. Nous supplantâmes bientôt dans les bruits d'alcôve la scatophagie, qui jusque-là menait dans la course-du-plus-libéré, qui ne mange pas la merde est un enfant de chœur c'est bien connu. L'un n'empêche pas l'autre direz-vous, mais la mode a ses têtes et procède par exclusive. Nous pouvions d'ores et déjà ambitionner de figurer, chiffrés, dans les enquêtes prochaines de courageux hebdomadaires d'information.

Au milieu des rencontres ordinaires, je veux dire habillés, aux concerts de l'Ircam, aux conférences de parapsychologie, aux séminaires de publicistes, etc., etc., etc., je reconnaissais des frères en turpitude, et je dois avouer qu'on me dépassait en inventions (ces exemples je n'allais certes pas suivre, étant indéfectiblement attaché à mes sources, avec vœu de fidélité) : je connais nommément une carotte avec ses fanes, un chasse-mouche, une matraque télescopique, un croupion d'autruche naturalisé, une flûte à bec, un chat à neuf queues. Et cetera, et pour le reste je supputais, tâchant à induire, à partir d'expériences corporelles de moi bien connues : qui l'a ? Ne serait-ce pas quelque jour : qui ne l'a pas ? Je ne pouvais plus approcher une de nos arrogantes grandeurs sans m'interroger si. Et, en corollaire : quoi ? Ou alors, c'est qu'on était de l'autre côté : il faut aujourd'hui être de quelque part, telle est la nouvelle liberté.

Et un soir où par exception nous étions Malaure et moi demeurés au logis pour suivre à la télé les premières escarmouches d'une joute dont un morceau de nos lendemains dépendrait plus ou moins, et où défila le haut de gamme du moment dont un peu de nos complices je vis, oui, il me fut donné de voir, nous vîmes la chambrière débattre sur l'écran en toute dignité et plan moyen avec la garcette sur le spectre du collectivisme dont les deux nous voyaient tous menacés.

Dois-je décrire l'état dans lequel cela nous mit et ce qui s'ensuivit sur le tapis du living? Peu de débats télévisés se peuvent je crois glorifier de tel résultat.

Parfois j'aimerais savoir ce qu'ils rêvent la nuit ces frères-là.

Comme je ne les ai pas en analyse bien évidemment, je ne puis le savoir de première main.

Peut-être me livrerai-je à une enquête, par des voies indirectes. Je l'inclurais dans mon livre : mon petit placet sur « les bienfaits éthiques » s'est en effet enflé jusqu'à devenir un ouvrage d'importance, du reste tournant décidément au journal intime (très) – qu'ai-je, désormais, à perdre? En vérité au point où je suis je devrais dire : au testament. Que vous avez présentement sous les yeux.

Eref pondit, en caquetant, dans un nid de paille placé sur une haute desserte, les œufs, tout frais, que j'avais été, par Elle (de sa virée méditerranéenne elle était revenue dorée, superbe, plus saine que jamais; révoltante) commis à d'abord lui enfourner, sans casse. Et à présent elle savait « qui » il était. Elle prit une cigarette dans la poche gauche de son blouson. Geste familier, que je lui voyais souvent dans les moments de relâche : quand c'était lancé. Peut-être, après tout, éprouvait-elle une légère tension? Elle observa l'opération sous des angles divers, avec une froideur technicienne, et assurée d'un dévot de plus, s'en fut au buffet. Je ne vis jamais rien qui pût lui couper l'appétit. Ou bien, ça le lui ouvrait? Elle jouissait peut-être de là?

Puis il les couva, vingt et un jours, sous surveillance, en tours de garde par esclaves dont bien sûr il me fallut être. Il dut s'octroyer un congé et ce n'était pas le moment, il y avait des grèves, des attentats, des manifs et une campagne électorale. Et il eut onze poussins. Un des œufs n'était pas bon.

Elle s'asseyait dans l'auto, elle demandait : qui sera là? Ce ne sont pas des questions que l'on pose chez nous. Mais Elle n'était pas de chez nous. Elle était de chez Elle, point. Nos règles de bonne conduite elle n'en avait rien à foutre.

Ni ce ne sont questions auxquelles on répond.

Mais ne pas, c'était en avoir menti sur toute la ligne, avec mes services et mon obéissance, et mon amour. C'était me dénier moi-même et cela, je ne pouvais non plus le tolérer.

Ça l'amusait bien.

Elle me retournait sur le gril, délicatement, avec des pincettes, jeune démon éclatant de santé, et moi son damné privé je tentais de résister. J'essayais des ruses pathétiques. J'exhibais mes déchirements. C'étaient nos petites séances de torture intimes. Les seules. Les seules, et je les aimais.

À chaque nom, titre, lambeau de renseignement, lambeau de chair arraché, mon ignoble corps répondait ardemment, délivré comme d'une gésine. J'accouchais dans la douleur le spasme abhorré adoré. Toutes les trahisons mes frères, c'est moi. Et j'en ai joui.

Elle sut aussi qui j'étais, c'était la moindre des choses : la première cédée. Sans remords du moins. Sinon sans vertige. Mon nom, ma position, mon travail, tout y passa, comme une bonde qui s'ouvre, le relâchement, le débordement, la délivrance, et l'assouvissement et l'incontinence totale et l'urine et le sperme et les larmes, je m'en allais de partout, c'était la purgation profonde, le péché aboli, la joie parfaite. L'accomplissement d'une prophétie délivrée dans des chiottes. Le gouffre m'appelait. Comme dans un élan libérateur je courais à ma perdition. Oui c'était su dès le commencement : là où il ne fallait pas aller. J'y étais. Où je m'étais toujours si étroitement gardé, Elle avait ouvert une brèche, au lieu même de ma déchirure Elle se tenait, l'Epée à la main.

En haut de l'amphi, les ailes déployées. La beauté sans merci; inutile de me retourner, Elle me transperce. Un silence s'est fait. Elle est là. Elle vient d'entrer. Je T'attendais. Elle resplendit m'enveloppe de lumière me pénètre entier, rayon gamma qui va m'irradier me mettant à nu jusqu'aux os, me retournant comme un poulpe débusquant mon mensonge, ma double vie découverte à tous, à ceux-là qui, entassés derrière moi sur les gradins, me respectent et m'admirent. Jusqu'à cet instant. Me respectèrent et m'admirèrent, et moi en bas minuscule nœud d'épouvante collé au tableau où ma main tremblante s'évertue contre le naufrage de mon être à défendre l'essentiel, traçant le diagramme où se démontre ma découverte la gloire de ma vie : la présence, confondante pour les adversaires de la Doctrine, d'un Œdipe en société matriarcale.

Là-haut, l'Epée brandie. Armée de toute sa grâce, et le rictus. Bronzée comme il se doit de qui passe ses jours dans un Jardin. Prête à fondre sur moi secoué de frissons annonciateurs – la Tentation! Ma vue se brouille, une onde de terreur pure se répand dans mes entrailles va s'épanouir en épanchement abominable ici maintenant devant tous, non! s'il Vous plaît! Par pitié non encore un instant, bourreau, moi-même, laisse-moi de grâce le temps d'achever, de crier la vérité de toutes parts menacée, ne permets pas que je sacrifie à mes amers déportements ce qui ne m'appartient pas, appartient à la Connaissance, le monument si chèrement édifié dans le danger, la patience et les piqûres de moustiques et qui tant dépasse le cahotant véhicule qui lui échut, moi, indigne certes ô combien mais porteur, j'arrache de ma gorge le discours ancien, auquel l'expédition récente hélas n'a rien su ajouter, et incapable de me tourner vers mon public j'adorne mon diagramme de petits dessins et divers signes superfétatoires, la parole hachée le souffle court j'arrive au poteau couvert de sueurs contemplant atterré l'insane labyrinthe dont j'ai couvert le tableau entier, alors, de là-haut, Sa voix :

– Et qu'est-ce que vous pouvez observer d'autre, d'où vous êtes, que du faux?

L'Epée m'a cloué à mon diagramme. Muet.

Oh, ce n'est pas que les répliques manquent, j'étincelle d'habitude à ce sport on ne me porte pas la contestation sans risques, à tout autre assez insolent pour me balancer la Relation d'Incertitude j'aurais d'une phrase et de haut cloué le bec – mais, Elle!... de haut, avec Elle! user de mon pouvoir, sur Elle?

Sous Elle, oui. Sous Elle je ne puis rien. Seulement : Oui, Maîtresse. Oui, d'où je suis, à quatre pattes, en laisse, et le reste, d'où je suis je n'ai aucun droit d'observer ni de savoir ni de croire, ni de défendre ma foi. Entre ma vérité et mon amour, tu m'écartèles à jamais. Epinglé au tableau noir comme un vilain insecte, crucifié oui. Comment tournerais-je vers le public en attente de joyeuse boutade un visage qui ruisselle de larmes? Comment parlerais-je, la gorge scellée. Je me tais. Laissant accréditer par mon silence un aléatoire de ma recherche. Atteint en mon centre même. Acceptant que soit blessée à mort l'Idée qui me fait exister, tandis que mon ignoble chair encore appelle, en redemande : Oui Maîtresse, va, accomplis. Perce jusqu'à ma dernière garde. Ecrase-moi. Ah je suis perdu.

121

Je n'ai rien entendu. Je suis seul. Je me trouve au tableau, du chiffon effaçant, effaçant à n'en plus finir, quoi? moi, d'évidence. M'effaçant.

Es ist vollbracht.

Ferdinand Kuntz-Lopez reçut sa correction pour de bon publique au cocktail d'inauguration de son nouveau complexe super-luxe, dénommé en toute simplicité « Pyramides XXI » (pour vingt et unième siècle avoue ingénument la pub. Optimiste), implanté sur un front de Seine jusqu'ici impollué, sauf potentiellement par l'entreprise de show-business sportif portant un nom riche de souvenirs. Ces pyramides au reste imitation, multipliées par deux en hauteur et par quatre en nombre, de la gentille (avec le recul du temps et l'avancée des hideurs : gentille) tour pointue de San Francisco, ils n'inventent plus grand-chose depuis un quart de siècle. Bref. Assailli Ferdinand par trois jeunes gens bien mis, déculotté vite fait, fouetté à bras raccourcis, planté là tel que les fesses à l'air sans que fût laissé à quiconque (éventuellement) le temps d'intervenir. Et photographié sur le vif. Le bon réflexe, ce photographe (cette?).

Je l'appris par la presse. Entrefilet (décent) dans mon quotidien habituel : l'architecte de « Pyramides XXI » agressé dans son fief, etc. Le lot de couinements attendris du côté de l'Ordre Moral, où Kuntz est bien en cours : des voyous... la nouvelle jeunesse, etc. Mais la rumeur d'ensemble, plutôt rigolarde, en France on goûte toujours les pantalonnades. Il fut même fait mention d'acte politique, et des lambeaux du trouble passé de Kuntz reparurent au jour. L'image de marque avait pris quelques taches. Mais on n'a pas encore d'exemple que des pourcentages en aient été réduits. « Je ne me donnerai pas le ridicule de porter plainte pour un bizutage attardé », proclama, reculotté, le bâtisseur de pyramides fessé (et content ? Pas sûr ; c'était du vrai, pour une fois ce n'était pas du théâtre de salon). Ah, que ne m'étais-je trouvé là ! J'y aurais pris un plaisir, ma foi, sadique. Mais je n'avais pas été prévenu...

C'est Gilles-Henri bien sûr – à qui une quasi tonte récente (tu quoque ?) donnait un aspect de recrue berrichonne – qui découvrit la photo, dans *Dérapant* : excellente photo, très lisible, prise de très près, ou au téléobjectif, sous le meilleur angle comme au ciné, bien centrée sur la personne, nettement reconnaissable et maintenue courbée, de Ferdinand, de sorte que les têtes des assaillants ne sont pas dans le champ. Adroit, ce photographe. Cette.

Elle ne m'a rien demandé. J'avais pourtant promis réparation. A craché sur mes offres de service. Rien dit. Pas même convié. Pas averti. Bien que m'ayant eu à portée le matin même. M'a tenu à l'écart, délibérément. S'est débrouillée seule, par ses propres moyens. Sans moi. Sans moi.

N'a plus besoin de moi. Me le fait savoir par les gazettes. Ne descend plus me retrouver le soir, pour se faire convoyer vers une de ces nuits... Libre à moi bien sûr d'y aller, de mon côté. Seul. En retard d'avoir vainement attendu : là, je pourrai la voir, l'admirer dans ses exercices d'extermination. Elle ne me regardera même pas. Elle n'a plus besoin de moi.

Elle a sa moto, toute noire et luisante. Son Edwine, pleine de ressources. Sa maison sur la mer, ses cigales et ses rossignols. Ses servants en nombre, et tellement mieux placés que moi : elle a toujours bien visé. Elle a ses entrées où même moi je n'ai pas accès. Elle a ce qu'elle veut. Elle a tout. Elle est la reine.

Elle vole de ses propres ailes. L'Ange.

Elle fait carrière. J'entends parler d'elle. On l'a vue ici, on l'a rencontrée là. Mais toujours très bien située. Parfois on me conte un de ses exploits. On me parle d'elle comme à un étranger, comme si je ne la connaissais pas, on ne sait plus que c'est moi, moi, moi!...

Moi qui l'ai faite. Je lui ai mis le pied à l'étrier. J'ai été son marchepied. Inscrit à mon karma dès le tout-commencement, ce pied. Dans mes fesses d'abord, ensuite dans ma figure. Sur mon front couronné d'épines, un soir glorieux. Et, toujours, sur mon dos prosterné. A présent inutile.

Il me reste la cuisine.

— Moi non plus, cher, je n'ai pas besoin de toi, me dit Malaure, me voyant revenant divaguer dans ses parages. Tu m'as laissé le loisir de m'en aviser. A propos, j'ai demandé le divorce. J'ai finalement trouvé ma voie.

— Qui? Si je puis savoir...
— Moi. Je vais écrire nos mémoires.

Il me restait la cuisine.

Là, dans le dernier lieu où je vivais encore, elles étaient étalées sur le frigo, en 18/24. Toutes, depuis le début. Les miennes, sur chacune de mes faces intéressantes : l'inaugurale, au cocktail; chez elle, en tablier à festons, lavant par terre; fouettant Ferdinand sur son plateau; nu, en chien. Et les autres, Kavel et son palmier, Eref emmanché d'un plumeau, et tout ce qui dans le tas pouvait avoir un nom — lequel était noté derrière, au crayon gras. Plato enchaîné; ses hôtes de marque. Eref pondant dans son panier. Et un tas d'autres encore, pris dans des activités où je n'avais pas assisté, et quels autres, si gradés et si gardés que, même moi, ne savais pas qu'ils en fussent! Mais elle, elle les avait tous.

Belles photos. Bonnes prises. De quoi constituer un superbe album. Une magnifique exposition (en anglais : exhibition). Gros succès parisien, vente assurée dès le vernissage. De l'or.

Mais avait-elle besoin d'or?

De toute façon elle détenait les négatifs.

La main à la poche gauche de ce blouson qu'elle

ne quittait jamais. Pour prendre une cigarette, ha ha.

Elle les tient tous!

Maintenant elle est lâchée dans la ville, avec son arme absolue. Et c'est moi, moi, moi, qui lui ai ouvert toutes les portes!

Je suis pris d'un rire irrépressible. Somptueux. Totalitaire. Je ne peux pas m'arrêter. Je m'en assoirais par terre, si seulement je le pouvais. Ça fait mal quand je ris mais quoi, c'est la moindre chose. Je ris pour la première fois depuis que j'existe, je ris tout, je ris ma vie entière. Le monde, cette plaisanterie divine, je ris aux larmes. Nu, dépouillé de tout, je ris à en mourir et j'en meurs, je ris mon dernier instant, j'arriverai Seigneur devant Vous, en joie.

Et que faire?

Le chocolat.

DU MÊME AUTEUR

Aux Éditions Bernard Grasset :

LE REPOS DU GUERRIER.
LES PETITS ENFANTS DU SIÈCLE.
LES STANCES À SOPHIE.
UNE ROSE POUR MORRISON.
PRINTEMPS AU PARKING.
C'EST BIZARRE L'ÉCRITURE.
ARCHAOS OU LE JARDIN ÉTINCELANT.
ENCORE HEUREUX QU'ON VA VERS L'ÉTÉ.
LES ENFANTS D'ABORD.

Aux Éditions Stock :

MA VIE, revue et corrigée par l'auteur.

IMPRIMÉ EN FRANCE PAR BRODARD ET TAUPIN
7, bd Romain-Rolland - Montrouge - Usine de La Flèche.
LIBRAIRIE GÉNÉRALE FRANÇAISE - 14, rue de l'Ancienne-Comédie - Paris.

ISBN : 2 - 253 - 03223 - 9   ⬦ 30/5776/7